U0163923

林文寶兒童文學著作集
總目次

第一輯　文論編

第一冊　兒童文學論集（一）

第二冊　　兒童文學論集（二）

第四冊　兒童文學論集（四）

第五冊　兒童文學論集（五）

第六冊　兒童文學與語文教育（一）

第七冊　兒童文學與語文教育（二）

第十冊　另一種觀看兒童文學的方式

第二輯　書目編

第三冊　兒童文學與書目（三）

第四冊　兒童文學與書目（四）

第五冊　兒童文學與書目（五）

第六冊　兒童文學與閱讀（一）

第七冊　兒童文學與閱讀（二）

第八冊　兒童文學與閱讀（三）

自序

　　自1971年8月1日任職當時的臺東師專，至2009年1月31日退休，共計有37年又6個月。退休後，又蒙蔡典謨校長關愛，新設「國立臺東大學榮譽教授敦聘辦法」，於是我成為校方第一位榮譽教授。

　　在校服務期間，就學校體制而言，歷經師專、師院與綜合大學等不同階段。亦曾兼任各種不同職務。其中，最難於忘情的，仍是學術。就學術行政而言，曾創辦語教系、兒童文學研究所，以及籌設教育研究所。而我的學術歸屬是以兒童文學為主。

　　走進兒童文學的天地裡，原非本意，亦非所願。或許可以說是因緣與巧合所致，想不到幾經努力，卻發現其中也別有洞天，於是乎一頭栽進。自1975年4月發表〈兒童文學製作之理論〉（見《東師學報》第三期，頁1～32。）以來，亦有36年之久。其間，除專書以外，每年也有單篇論著。在單篇論著中，除《兒童詩歌論集》之外，未有其他選集出版，今將單篇論述依性質分成四類：

　　兒童文學與書目
　　兒童文學與閱讀
　　兒童文學與語文教育
　　兒童文學論述選集

　　每類集結一冊出版，目錄則依發表時間為序。

　　收錄在各冊中，有幾篇小文章，它是我啟蒙創思的起點，對個人而言，值得珍視。至於有未註明發表時間者，則是演講的文稿，雖然有部分嫌簡陋，因敝帚自珍，一併收錄。

　　在結集論述過程中，自當感謝諸多助理的幫忙（魏璿、楊郁君、林依綺、蔡竺均、蔡佳恩、顏志豪、陳玉金）。尤其是志豪和玉金參與全程。還有，從香港來的王清鳳、陳淑君，亦參與校對，在此一併致謝。

目　　錄

試談科幻小說

壹、前言

在國內，科幻小說常被排斥於正統文學之外，認為它既非科學，也不是文學。往往被視為消遣讀物，甚至認為它是旁門左道。據說1981年元月，《臺灣時報》舉辦「中國科幻小說大展」，雖然獲得許多好評，但也收到署名「臺大醫學院一羣護士」的來信，大罵科幻小說是反科學，不宜刊載云云。

面對科幻小說，我們有太多的感觸，我們了解科幻小說雖然不能傳播正確的科學知識，但卻可以增加讀者與科學之間的親和力，並且也可以啟發讀者的想像力。因此，個人在教學過程中，時常鼓勵學生多看些科幻小說、推理小說，甚至大量購買科幻小說讓學生閱讀。而事實上也證明，科幻小說裡的奇想，確實能引起學生的興趣。

今天美國有許多高中、大專，開有科幻小說的課程，其目的是想從小說中學到未有的經驗。而在國內，則尚難登大雅之堂，但科幻小說必須不斷的試驗與創新，使它能成長與茁壯。寄語具有文學使命感的作家們，能勇敢開拓這個新領域，使它成為一種文學的新形式。是以本人不揣陋學，編撰此文，一者為祝「奇異的航行」得獎；再者期望科幻小說能早日落地生根。

貳、科幻小說的界說

　　科幻文學可以說是結合二十世紀所有科技成就與文學意境極致的時代文學。二十世紀是科學發展的時代，也是人類進入太空的世紀，因此，才產生了順應潮流的文學型態。它不僅表現人類文明的特質，更涉及人類未來的前途，它是科技文明的新產物。

　　更確切地說，科幻文學是指一切以科學為基礎的無害想像作品，也就是能使人產生無比的好奇。科幻文學有廣義狹義之說。廣義的科幻文學，是指所有未經科學證實，但以科學為背景的小說和非小說。而狹義的科幻文學，專指科幻小說、科幻散文、太空詩等。而其間又以科幻小說為主。因此，一般狹義的科幻文學，即指科幻小說而言。而本文所論，亦以科幻小說為主。

　　西歐自十七世紀近代科學興起，所謂科幻即應運而生。有人說第一本科幻小說是培根（Francis Bacon, 1561-1626）的《新亞特蘭提斯》（New Atlantis），成書於1627年。也有人認為是雪萊夫人（Mary Shelley, 1797-1851）1818年出版的《科學怪人》（Frankenstein; or, The Modern Prometheus）。此後，科幻小說隨著科學發展而成比例成長。到了十九世紀，西歐的科技文明已成氣候，科幻風氣遂更興起。英國的威爾斯（Herbert George Wells, 1866-1946）汲取愛倫坡的短篇文學型式及思考方法，加以發揚光大，成為思想性科幻小說的開創者；而法國凡爾納（Jules Verne, 1828-1905）則是科技性的科幻小說的開創者。

　　從西方現代科幻小說理論的建立過程來看，西方比較強調「科」與「幻」的問題，中間經過很多辯證，有人主張用

Speculative Fiction或者Scientific Fiction，還有其他許多不同意見。目前稱為Science Fiction，簡稱為S.F.。威爾斯與威恩當時並沒有為他們寫的東西定下名詞。直到1926年金貝克（Hugo Gernsback）創辦「驚奇故事」（Amazing Stories），才沿用了科幻小說（science fiction）的名稱。

　　科幻小說家，獨樹一幟，且自外於主流小說。而中文用「科幻小說」一詞，或許更是一種錯誤。中文「科幻小說」一詞，首見張系國。張系國在1968年寫了一篇分析科幻小說的文章──奔月之後，副題用「兼論科學幻想小說」（此文收在純文學版「地」書的附錄裡），按Science Fiction逐字翻譯，就成為「科學小說」，而張系國譯為「科學幻想小說」，再加上中國人喜歡將名詞縮短，所以變成了「科幻小說」。其實，想像和幻想是有區別的。

　　科幻小說，顧名思義，離不開科技、想像與文學。有人說它是純理論的小說，有人說它是成人的童話，也有人說它是現代人的神話。這種比喻的說法有失籠統且含糊。總之，科幻小說的定義，不論國內或國外，皆有失眾說紛云。呂金駿在《科幻文學》一書裡說：

> 其實簡單地說，科幻小說就是「以真實或虛構的科技文明為基礎，以可信服的外推法為依據，所寫出來的一種想像事實。」（照明版頁十六）

　　另外，黃海在〈科幻小說的寫作〉一文裡也說：

以科學為基礎，探索未來或未知情景的小說。……科幻小說是最講究「觀念」的一種小說形式，小說的重心就在表達作者的某種觀念，這是作者的靈思火花──某種科學觀念加上幻想，再來製造安排人物，發展情節，構成一篇小說。有人說，科幻小說是一種觀念文學，於此可見「觀念」在科幻小說中的重要地位。這種觀念就是作者的創見。（見《明日世界》五十四期，1979年元月）

又江振昌在〈中共科幻小說之研究〉一文裡，曾引申黃海的說法如下：

科幻小說（Science Fiction，科學幻想小說的簡稱）一般定義為：「以科學為基礎，探索未來或未知情景的小說。」其中「科學」包括了自然科學、社會科學或人文科學，「未來」或「未知」則包括了時間與空間的任何型態。換言之，科幻小說是根據科學理論而虛構的作品，但它卻包含文學性、科學性、哲學性和幻想性等特色。若以廣義的科學來分，自然也可以把非科技或者非精確科學的部分稱之為社會科（學）幻（想）了。（見《共黨問題研究》第十卷第六期頁七十七）

因此，我們可以說，科幻小說所涉及的是「人類」和「宇宙自然」的關係，它提供了未來文明所可能遭遇的問題。這種領域的擴大，正是科幻小說能獨樹一幟的理由。而這種未來問題的觸及，是建立於已知的科學。持此，科幻小說至少不能違反科學常識。它也可以想像，但是不能違反常理。

參、科幻小說的分類

　　科幻小說一詞的沿用者甘貝爾（John W. Combell Jr., 1910-1971），曾將科幻小說區分為三類：第一類是預言性的，諸如預示由一種新發明所帶來的影響。第二類是哲學性的，作者以小說的形式提出一個哲學性的問題，科幻小說只是作者表達理想的工具。第三類是冒險性的，以動作和情節為其特色。以上三類有時會交相混淆，而黃海在〈科幻小說不再是科技小說〉一文裡，即沿用甘貝爾的分法，他認為科幻小說在廣義上應該泛指：

　　　科學小說

　　　幻想小說

　　　推理幻想小說（見七十、二、廿六《中央日報》副刊）

　　另外，張系國亦曾對科幻小說加以分類。他在〈奔月之後——兼論科學幻想小說〉一為裡說：

　　　現代科幻小說可大別為兩派。其一為「機關佈景派」。寫作者對科學多少有相當的認識，甚至本人就是科學家。基於他們的學養，機關佈景派科幻小說作家事實上就是在搬弄各種科學機關利器，再湊上一個故事。此派又可細分為「武俠科幻」（騎士小說與科幻小說的雜交品），「偵探科幻」（零零七及其他），「言情科幻」及「文藝科幻」

等支派。純機關佈景派科幻小說，有時對未來社會有頗深入的預測。另一派科幻小說可稱之為「文以載道」派。這派科幻小說的作者多半是業餘哲學家，半路出家的科學家或職業小說家。他們並不在乎時間機器、機器人、四度空間等無聊玩意兒；而是想藉科幻小說來表達一些「哲學思想」。小赫胥黎的《美麗的新世界》，歐維爾的《一九八四》可算此派的代表作。（見純文學版《地》頁二三八）

後來，在〈科幻小說的再出發〉一文裡，則又詳分為四類：

科幻小說內容相當豐富，種類甚多，但大致可分為以下四類：

一、探險科幻小說：這類科幻小說，敘述人在時間和空間裡的探險故事。人在空間裡的探險，包括太空旅行、星際戰爭、外太空人的接觸、宇宙帝國等。人在時間裡的探險，則每每使用時間機器，遨遊過去、未來、或然世界等。

二、機關科幻小說：機關佈景派科幻小說，敘述新奇的科技發明，對人類可能帶來的好壞影響。最常見的題材，包括機器人、飛碟、死光槍、愛情機器等。

三、社會科幻小說：這類科幻小說，預測人類社會未來可能的發展，又可細分為兩類：諷刺科幻小說明雖為科幻小說，其實卻旨在諷刺現實社會種種不合理的現象。末日科幻小說多半預測人類社會未來如何可怕，終於導致毀滅。

有許多含政治意味的科幻小說，如《一九八四》、《美麗新世界》等，也可歸入這一類。

四、幻想小說：這類科幻小說以幻想為主，科學的成分減少或完全消失，又可細分為三類：烏托邦科幻小說，每每展示人對理解世界的憧憬，如〈桃花源記〉、《烏托邦》、《理想國》等。鴛鴦科幻小說，藉科幻小說的形式講述男女愛情。最後，文藝科幻小說，或正宗的幻想小說，則藉幻想來描述人的內心世界。如波吉士、卡夫卡的某些作品，超現實主義的小說，也許都可歸入這一類。

（見純文學版《海的死亡》序頁二至三）

總之，科幻小說由於其內容豐富多變，形式極具彈性，因此所謂的分類，事實上不容易周詳，如就內容而言，或許不離「言志」與「載道」。

肆、科幻小說在臺灣

張系國認為開中國近代科幻小說先河的，有1903年魯迅譯的《月界旅行》，1905年徐念慈寫的《新法螺先生譚》，而後僅見老舍的《貓城記》、沈從文的《愛麗絲遊中國》，顧均正的《和平的夢》。

雖然我國古時早有傳奇小說、神怪小說，如《西遊記》、《封神榜》等作品，也可列如廣義的科幻小說。而中國文化特徵之一，便是現實主義，科幻小說或許可彌補現實主義的不足，擴充我們精神活動的領域。但由於科幻小說一向是自外於主流，又由於帶有濃厚的科學異想色彩，傳統的文學界自然把它排斥於文學之外。

科幻小說在國內一直未能成長的原因，主要是與我國歷史文化背景有關，中國人重現世，重實用，不重未來或想像。因此中國小說的主流一直是寫實主義。呂金駿在《科幻文學》一書裡，曾說認為科幻小說一直未受重視，其原因是：

> 反觀國內，科幻小說一直未受重視，筆者個人認為主要原因大概有二：其一可能是國人的觀念一向保守，較無法接受此種「超越理喻」的科技觀念；而且「怪力亂神」四個字的影響，阻礙了國人對一些新奇事物加以研究，也阻塞了國人的想像力。其二是國內科學作者未能像歐美科學人員兼科幻小說作家一樣，致力於科幻小說的寫作。在國

內，科學工作者原本就很少主動撰寫適合大眾閱讀的通俗科學讀物，更遑論寫作科幻小說了。不僅如此，少數有所長的「科學家」，大都忽視科幻小說中的登月火箭、太空站、雷射、電視、無線電等原本幻想之物，在今天都成為鐵錚錚的科技產品的事實，一提到科幻小說，就冠上「幻想」「虛構」「不足為信」等評語，其態度宛如一九五六年英國皇家學會天文學家理查博士在答覆太空飛行有無可能時所說的「無異癡人說夢」；也宛如一九四〇年英國科學學會委託數位知名科學家研究噴射機的結論是「絕無可能」；更宛如二次大戰期間美國數位海軍將領武斷的說：「發展原子彈是白日夢」；也宛如在火車發明之前，科學人士宣稱「時數超過二十英里，或把脖子折斷」的論調（見照明版《科幻文學》頁十七至十八）

　　科幻小說在國內未曾廣泛流行，原因固然很多，但重要的原因，恐怕還是過去少有人有系統的介紹過一流的科幻小說作品。青年作者沒有觀摩比較的機會，自然寫不出真正好的科幻小說來。所以科幻小說在中國現代文學中，仍屬「珍品」，好的科幻小說並不多。

　　另外，個人認為用「科幻小說」一詞更屬不幸。文學本屬想像，如今用「幻想」，徒增困擾，更是不易見容於文學主流。所謂幻想，即是所謂的白日夢。依《辭海》的解釋是這樣的：

　　心理學名詞。乃一指向未來之特殊想像，由個人願望或社會需要所引起，能激發人瞻望未來、克服困難；反之，不

切實際、逆惑於假想之幻想，會成為有害之幻想。幻想因其運用便利，不需作任何努力，亦無任何困難及危險，而得以減少心理上之衝突與緊張，因此，一般人皆不免於幻想。然其缺點在於浪費時間，且往往形成惡性循環，與現實脫節，有若夢境，故亦名之為白日夢；嚴重者乃形成精神分裂症。（見中華版最新增訂本上，頁一六三下）

由上可知，幻想本是心理學上的名詞。又依徐靜《精神醫學》一書，對幻想作用的說明是：

與退化作用極為相似之另一作用為幻想作用。所謂幻想作用乃指一個人遇著現實之困難時，因為無法實際處理這些問題，就利用幻想方法，把自己從現實脫離，存在於幻想之境界，憑其情感與希望，任意想像應如何處理其心理上之困難，以得到內心之滿足。幻想作用也可說是一種部份的、而且是思考上之退化作用。因為在幻想中，不必按照「現實原則」（reality principle）不必遵循「續發性思考程序」（secondary thinking process）（見水牛版頁五十六至五十七）

至於想像一詞，也是心理學上的用詞，但是它的意義卻與幻想有天淵之別。想像用通俗的說法，就是「使事實長上翅膀」，長上翅膀的事實，則成為一種可圈可點的胡說八道，也是一種入情入理的荒誕無稽。一般說來，想像是創造的根源，也是人類思想的原動力。而文學的創造更需要想像，想像力愈強，則作品的

內容愈豐富，李辰冬在《文學與生活》一書裡，對想像的解釋是
這樣的：

> 從以上的分析，可知想像的淵源為意識，如果沒有意識，
> 想像即無所附麗；學識愈豐富，想像力也愈豐富，豐富的
> 學識，為想像不可或缺的因素；然用想像來表現意識時，
> 必須組成恰當的意義。凡能恰當地表現意識的意象，就是
> 有用的想像，否則，就是無益的想像，這是想像異於幻想
> 與夢境的地方。要想有想像，第一得有生活的意識，第二
> 得有豐富的學識，第三得有組織意象的能力，這樣，才能
> 有恰當的、豐富的想像。（見水牛版第二輯，頁三二）

其實，就想像的本質而言，科幻小說與一般並無不同。科幻
小說的想像，是以目前科技發展為依據的假設，目前的科技或許
無法證明其為可能，但只要它合邏輯，我們就可視之為「合理的
未來事實」，所以大可不必冠上「幻想」以弄其玄虛。

黃海在〈科幻小說不再是科技小說〉一文裡曾說：

> 其實科幻小說在廣義上應該泛指「科學小說」、「幻想小
> 說」與「推理幻想小說」，而這三者之間有時也頗難劃
> 分，筆者建議，若將之稱為「奇想小說」，似乎更能兼
> 容並蓄，涵蓋的範圍廣些。（見七十、二、廿六《中央日
> 報》副刊）

又呂金駿在《科幻文學》一書的緒論裡也說：

說科幻小說是幻想小說，不如說是推理小說來得恰當。因
為它的情節不屬於無中生有的幻想，而是極為合理的推
測。「幻想」兩字會使人產生「不可信」的下意識，目前
多數人將科幻小說稱為「科學的幻想」小說，而不是「幻
想的科學」小說，道理就是在此。（見照明版頁十八）

　　兩位有如此說法，不知是否緣於名不正使然。個人認為正本
清源的用法，當以直譯「科學小說」，或「科學想像小說」為正
確，只是「科幻小說」一詞，積習已深，似乎已不可正名，再說
「科想小說」，似乎不如「科幻小說」來得順暢，是以本人仍未
能免俗。但其間道理卻不得不辨。

　　早期臺灣文壇，並沒有「科幻小說」這個名詞，在1951年左
右，科幻小說是借兒童刊物，而以科學童話的身分偷渡上岸的。
當時數量雖不足道，卻也可以稱是西方科幻觀念播種本土的雛
型。直到1956年，才有趙滋蕃在香港寫了三本所謂的兒童科幻小
說——《飛碟征空》、《太空歷險記》、《月亮上看地球》。
可以說是科幻小說萌芽的先兆。這套書三信出版社曾重排出版
過。而後，在香港的倪匡，也在1965年左右開始寫科幻小說。

　　至於臺灣科幻小說的崛起，應該歸功於少數幾位接受新思潮
的作者，熱心提倡及創作的結果，外加報紙的推波助瀾。其中尤
以張系國、張曉風、黃海、呂應鐘為重要的科幻先進。由於他們
的努力及首開風氣，使得科幻小說在臺灣逐漸萌芽滋長，後來，
倪匡的科幻小說以排山倒海，一瀉千里之勢，在臺灣發表並出版
了四十四部作品，造成科幻小說在國內發展的一股聲勢，也使科
幻小說讓國人有個較為肯定的認識。

　　以下試就科幻小說在臺灣的發展過程，較為重大的事件略述如下：

　　民國五十七年《中國時報》刊出張曉風的一篇兩萬多字的〈潘度娜〉。五十八年三月《純文學》月刊刊出張系國的一篇三萬字科幻小說〈超人列傳〉。而顏元叔在五十八年五月號的大學雜誌撰文〈人類工程學——間談『超人列傳』與『潘度娜』〉。

　　五十七年度，黃海繼張曉風〈潘度娜〉之後，開始撰寫以太空冒險旅行為背景的一系列小說，在各報章（《中華日報》為主）發表。

　　五十八年度，黃海將其收編成書，名為《一〇一〇一年》（1980年增刪五篇，易名為《天外異鄉人》由照明出版社出版）。並以此書，獲五十八年救國團表揚優秀青年文藝作家。此書當時未冠上「科幻」名稱。

　　六十一年十二月，黃海出版《新世紀之旅》，書背上印著「未來問題小說」。

　　六十五年起，張系國以醒石為筆名，在《聯合報》副刊開闢「科幻小說精選」。又以「星雲組曲」為總題，創作一系列的科幻小說，分別在兩大民營報登場。

　　六十五年七月，《中央日報》副刊登出一篇旅美學人後人的短篇小說〈長生不老〉。當時標明為「科學小說」。

　　六十七年，自越南歸國的華僑作家吳望堯，也在各大報發表科幻詩、科幻散文。而《中國時報》人間副刊也開始刊登了倪匡的一系列「奇幻小說」《千年貓》等小說，轟動一時，使國內科幻小說為之耳目一新。倪匡的作品皆由遠景出版社印行。

　　淡江大學以其獨特的「未來學」課程，配合出版《明日世

界》（六十四年創刊），引介未來學及科幻觀念，譯介科幻小說及有關理論、科幻藝術畫。

六十六年十一月，由呂應鐘創辦的《宇宙科學》月刊，成為我國第一份奇特的科幻雜誌。

六十七年四月創刊的《少年科學》月刊，曾登載章杰、石資民、黃海、陳正治的科幻小說。陳正治的〈外太空來的友情〉，全文約七萬字，在少年科學連載年餘。又兒童月刊社曾於六十三年出版過黃海的《流浪星空》，係由《一〇一〇一年》所改寫，但未盡適合兒童閱讀。

李頎的《桃花源》，是一部長篇小說，於六十八年十月，由他自辦的靈溪出版社出版。

葉言都的警世科幻小說〈高卡檔案〉發表在八月份《現代文學》，並入選書評書目版《六十八年短篇小說獎》。

六十九年二月，《中國時報》以「在二〇八〇年過年」為題，刊載駱基、倪匡、桑科的科幻小說，及黃凡的〈新年快樂〉科幻短篇。

六十九年，照明出版社出版系列科幻小說理論、藝術畫集，並策劃出版《飛碟與科幻》雙月刊。

六十九年四月，呂金駿的《科幻文學》一書，由照明出版社出版，成為我國提出「科幻文學」名稱的第一人。呂氏也是國內提倡在大學開授「科幻文學」的第一人。

《新少年》雜誌於六十九年六月創刊，發行四期，特別重視科幻專頁。

七十年元月，《臺灣時報》副刊推出「中國科幻小說大展」，首屆由呂應鐘擔任策劃約稿，其中以新人鄭文豪的作品最

受矚目。

民國七十年，國家出版社出版翻譯科幻作品十餘種，由王凱竹主譯。又星際出版社出版世界科幻名著選集二十種。另由張之傑、黃海、呂應鐘合編《中國當代科幻選集》，內收國內重要作家二十年來代表作品。

科幻小說列入柏楊主編的1980年《中華民國文學年鑑》（時報版）。

七十年四月，《書評書目》與師大合辦座談會，討論張系國《星雲組曲》。

五月間，張之傑創辦《科幻文學》季刊。僅發行一期。

黃凡的科幻作品〈零〉，奪得《聯合報》中篇小說獎。張系國的〈夜曲〉，獲選入爾雅版《七十年度的短篇小說獎》。

七十一年《聯合報》於五四文藝節前夕，舉辦「科幻座談會」。

七十一年十月間，《中華時報》推出張系國的《五玉碟》長篇連載第一部「域」，係將短篇小說〈銅像城〉加以擴充，是一部悲壯而又詼諧的科幻武俠創作。

七十三年十一月，黃海的少年科幻小說《奇異的航行》，獲第十一屆洪建全兒童文學獎少年小說獎第一名。

總之，我國現代科幻小說，從四十五年趙滋蕃在香港以三本「科學故事」開其序幕，五十七年先後由張曉風、張系國、黃海肇端。在國內，張曉風以文學作家的身分嘗試科幻創作首先引起廣大讀者的注意，黃海在默默中致力創作，用力至深，發表作品，遍及重要的報章及文藝雜誌。他土生土長，由他的熱情與奔放的想像力所造成的創作轉變歷程，正是臺灣新起一代作家，脫

離傳統社會寫實主義路線，走向幻想主義路線的典型。張系國在海外，不斷提倡科幻小說，創作與譯述兼而有之。身兼科學家與文學家，促使國人早日認識並接受科幻小說成為文學一支，提昇科幻小說的層次厥功最偉，影響也最大。

　　呂應鐘譯介有關科幻理論書籍，鼓吹科幻，對國人新觀念的啟發，影響至大。黃凡、保真、誠然谷、葉言都的作品，一新國人耳目，使科幻文學，成為道地的文學。香港的倪匡，則促使科幻通俗化，對於大眾的影響力，功不可沒。展望未來，必將有更為可觀的發展。

伍、科幻小說的未來

　　所謂科幻小說者，本來還只見於《王子》、《新少年》等兒童刊物，是大人不看的東西；後來報紙開始連載倪匡的作品，由於娛樂性高，頗受歡迎，但也僅止於倪匡而已。雖然科幻小說曾有幾度儼然要以文學作品的正統姿態出現，但仍是叫好不叫座，未能流行起來。

　　究其原因，科幻小說本身仍有其困境。

　　許多人若一提到科幻小說，總認為這類小說老是描寫一大堆太空人，安排他們經歷一系列陳腔濫調的冒險，碰到一些新奇古怪的科技玩意兒，並同地球外的奇異生物作怪誕的接觸，而太空船上老是有著各式各樣看來新奇卻毫無意義的儀器。尤其是機關佈景派科幻小說，其訣竅全在一個奇字。故事離奇，科學利器古怪，全然不考慮其合理與合情。因此給人的感覺是逃避文學，逃避人生。雖然科幻小說當中也不乏上乘的作品，但在正統的科學家看來，卻是不科學的作品，在文學家看來，和西部小說一樣的不入流。

　　事實上，科幻小說並不一定要以機關佈景為重。由於目前發展的趨勢，已是「科」、「幻」不分，作品中科學成分的多少已不足重視，只要它能具備豐富的內涵與哲理，自能成為文學佳作。

　　我們了解科幻小說不可能與時代脫節，它的內容是會受到時代的影響，通過想像的方式反映出來。科幻情節只是用來表達主

題的工具。同時，不論那一類的科幻小說，也是無可逃避。我們
希望未來的世界比現在更美好、更進步。科幻小說的作者，以豐
富的想像，利用有趣的文體形式，把它描繪出來，讓人們去努
力。我們不希望未來的世界，走入自相殘殺、毀滅的道路。但是
科幻小說除了供給讀者趣味的故事外，必須具有道德的使命感，
才能使作品接近文學，或達到永恒的文學價值。

　　站在科學的角度而言，科幻小說很廣泛。但是其間仍可以分
國籍。因此，臺灣的科幻小說應該不只是跟隨別人，而是要有自
己的目標跟路線。張系國與王建元對談的〈科幻之旅〉一文，
張系國認為融合是比較有前途的（詳見知識系統版《夜曲》附
錄）。如何的融合，各人有各人不同的模式，但是看些中國科學
史當是中國科幻小說家所不能免的。倪匡雖非正統科幻，且有失
之於消遣性，但是卻廣受歡迎。並有沈西城撰寫《我看倪匡科
幻》一書（遠景版，1983·10），其受歡迎一言以蔽之，或曰具
中國風味，因此其作品亦有令人深思之處。李歐梵在《奇幻之旅
──星雲組曲簡論》有段話討論「中國結」，似乎可作為本節的
結束，試引錄如下：

　　　　這是一個足以引起爭論的問題。我覺得可以分三個層次來
　　　討論。
　　　中國科幻小說中最低的層次令人一看就知道是目前中國社
　　　會，科學幻境不過是一個幌子，作者不過借「未來」以
　　　諷今（《貓城記》），或製造一個理想國來代替現在的
　　　中國（《新中國未來記》），這類小說，在內容上太過說
　　　教，在技巧上也太過簡單，很少有人成功地運用「雙重曝

光」的技巧：「在現代社會的底片上複印了未來社會的幻影」（註：引自《奔月之後》）。較高層次的科幻小說，是把將來的世界作為小說的領域，而將中國人和中國文化的貢獻作為最重要的一環，我認為《星雲組曲》中的一部分小說應該屬於這一類。而最高層次的科幻小說，我認為是蘊含著深厚的哲理，而且充滿了神話的小說，其所載的「道」，應該是與全人類、整個宇宙息息相關的「道」，中國文化中的哲理，可以推之於「星際」，以此來探討整個人類前途的問題。在《星雲組曲》中，張系國採用了幾個中國哲學和宗教中比較通俗的概念，譬如「翻譯絕唱」中就以轉世的幻想把「七世夫妻」的理想實現了。轉世和輪迴，源出佛家，但張系國卻把它巧妙地與威爾斯（H. G. Wells）的「時間機器」相結合，而創造出「轉世中心」、「時間甬道」等「機關佈景」，巧思之下也頗富深意，是值得讚賞的。（見洪範版《星雲組曲》序，頁七至八）

陸、餘言

瞻望未來，寫實主義仍將是我國小說的主流。而科幻小說或許可以彌補寫實主義的不足，擴充我們精神活動的領域。

雖然寫作科幻小說需要豐富的想像力、廣博的科技知識及小說的寫作技巧。關於廣博的科技知識，恐怕是一般文藝工作者最弱的一環；然而若能在不涉及太多的科技知識的前提下，探討一些人類未來的發展，或是描繪社會型態改變下的人性變化，也有可能寫出引人入勝的科學哲理小說。因此，科幻小說並不是科學家的專利品。

杜佛斯（Alvin Toffier）在《未來的衝擊》一書裡曾說過：「科幻將是未來學必修的第一課。」可見科幻自有它的地位。至於國內科幻小說往何處去？個人以為可以多譯介國外較有深度的作品，作為觀摩借鏡，同時從其中走出屬於自己的路線，進而創造具有獨特中國風味的科幻小說。在努力的過程裡，似乎可以朝下列方向去做：

1. **整理我國古代科學想像文獻。** 這是使科幻小說正統化的傾向。當然正統化或許有它壞的一面，但事實上，中國從前的科幻小說的整理工作也很重要，大陸已經在做了。在他們科幻小說全集裡，〈夸父追日〉、〈女媧補天〉、〈后羿射日〉、〈嫦娥奔月、〈偃師造人〉，都是很早的科幻小說。總之，整理古代科幻文獻，可使科幻小說走入學術廟堂。

2. **科幻理論的介紹。** 至目前為止，科幻文學的論述僅見呂金

駿的《科幻文學》一書，其他皆屬片斷。如果我們能翻譯國外有名論述，或收集國人的論述成書，我想對科幻小說的推廣自會有所幫助。

　　3.**多創作少年科幻小說**。科幻小說雖然本身具備有童話的趣味與想像，但它並不僅止於童話。兒童的可塑性大，目前我國正在提倡科學教育，希望科學往下紮根。如果作家能多創作些少年科幻小說，藉以對兒童潛移默化，對科學教育的發展當有助益。如登陸月球、火星、在外太空建殖民地、機器人、試管人、電腦、海底生活等等，兒童每每在好奇中萌發了無限的嚮往，在故事裡穿插這些事物，當會使我們未來的主人翁，對於未來的世界有一個初步的認識，當他們長大以後，更能有興趣去研究了解或發現創造，如此，科學與科幻小說應是相輔相成的。但檢視時下的兒童科幻讀物，美國、日本的科幻卡通在我們的電視上氾濫，我們的孩子根本分不清什麼是正確的科幻讀物。日本的科幻連環圖，裡面色情、暴力都有，我們的下一代，拼命讀這些東西。我們沒有好的科幻讀物，所以我們應該從基本做起。我們要灌輸給我們的高級知識分子對科幻小說的興趣可能已經來不及。因此，個人以為科幻小說的發展，可從培養兒童閱讀科幻的興趣做起。所以少年科幻小說是條可行的廣坦大道。可喜的是：目前有多種兒童刊物已刊登國人創作的科幻作品。

　　最後，個人不揣陋學，試列國人創作科幻小說已出版書目如下，以提供有興趣者參考。當然，本文之所以能夠完成，端賴黃海先生提供資料，特此致謝。

國內科幻小說創作已出版目錄

科學故事叢書（《飛碟征空》、《太空歷險記》、《月亮上看地球》）　趙滋藩著　民國四十五年左右香港亞洲出版社出版，後由高雄「三信」出版

《一〇一〇一年》　黃海著　58年自費出版，69年8月由照明出版社增刪修訂本，更名為「天外異鄉人」

《流浪星空》　黃海著　兒童圖書出版社　64.6　是「一〇一〇一年」加以改寫，使其成為兒童讀物

《失去的原始林》（森林三部曲之二）　保真著　道聲出版社　67.10

《銀河迷航記》　黃海著　照明出版社　68.10

《桃花源》　李順著　靈溪出版社　68.10

倪匡科幻小說全集四十四種（《老貓》、《藍血人》、《透明光》、《蜂雲》、《蠱惑》、《屍變》、《沈船》、《地圖》、《不死藥》、《支離人》、《天外金球》、《仙境》、《妖火》、《訪客、《盡頭》、《原子空間》、《紅月亮》、《換頭記》、《環》、《鬼子》、《大廈》、《眼睛》、《迷藏》、《天書》、《玩具》、《影子》、《無名髮》、《黑靈魂》、《尋夢》、《鑽石花》、《連鎖》、《後備》、《紙猴》、《第二種人》、《盜墓》、《搜靈》、《茫點》、《神仙》、《追龍》、《洞天》、《活俑》、《犀照》、《命運》、《異寶》。其中「老貓」曾以「千年貓」為名，由時報文化公司出版）　遠景出版事業公司

　　《新世紀之旅》　黃海著　自印本61.12, 69.9改由照明出版社出版

　　《南極光》　後人著　時報文化出版公司　69.11

　　《星雲組曲》　張系國著　洪範書店　69.10

　　《中國當代科幻選集》　星際出版社　70.7

　　《零》　黃凡著　聯經文化事業出版公司　71.2

　　《五玉碟》　張系國著　知識系統出版公司　72.1

　　《天國之門》　黃凡著　時報文化出版公司　72.7

　　《偷腦計畫》　黃海著　皇冠出版社　73.4

　　《天堂鳥》　黃海著　時報文化出版公司　73.5

　　《奇異的航行》　黃海著　洪建全教育文化基金會　73.9

　　《最後的樂園》　黃海著　時報文化出版公司　73.12

　　《夜曲》　張系國著　知識系統出版公司　74.3

　　《當代科幻小說選Ⅰ、Ⅱ》　張系國編　知識系統出版公司　74.2

　　《七十三年科幻小說選》　張系國編　知識系統出版公司　742

　　《鬼界》　倪匡著　皇冠出版社　74.4

　　《廢墟臺灣》　宋澤萊著　前衛出版社　74.5

　　《第四類接觸》　黃海著　皇冠出版社　74.5

　　《星星的項鍊》　黃海著　皇冠出版社　74.6

　　《魔女》　倪匡著　皇冠出版社　74.6

　　《銀行迷航記》　黃海著　知識系統出版公司　74.9　與照明版略有不同

　　《倪匡科幻小說選》　倪匡著　知識系統出版公司　74.9

《上帝們（人類浩劫後）》　黃凡著　知識系統出版公司
74.9

《怪獸罷克龍》　振寧著　王子出版社　67.8

《強立油漆X零零七》　周弘著　王子出版社　67.8

《真假金剛》　郁文著　王子出版社　67.9

《空中戰艦》　周弘著　王子出版社　67.10

《異星探險》　余國芳著　王子出版社　69.3

《宇宙遊俠》　蔣曉雲著　王子出版社　69.3

《機器人大逃亡》　蔣曉雲著　王子出版社　69.3

《極刑》　倪匡著　皇帝出版社　74.8

（本文分兩次刊登於《海洋兒童文學》，上篇1985年8月，刊
登於第八期，頁1-9；下篇1985年12月刊登於第九期，頁21-
28。）

兒童戲劇書目初編——並序

壹

兒童戲劇是兒童文學的一種體裁，也是戲劇表演的一環。兒童戲劇的觀眾自然以兒童為主。而其「兒童」或可延伸至十八歲。是以有人稱國中、高中階級者為青少年戲劇。

由於傳統倫常觀念認為：「童子坐隅」，「勤有功，戲無益。」是以有益兒童身心的遊戲，被視為荒廢學業，不正當的行為。「兒戲」一詞，即可知傳統教育與兒童之關係。

回顧歷史，我國自清朝末年，實施新式教育制度，才開始對於兒童教育有所改變。於是乎所謂的兒童文學於焉產生。而在各種文學的類型中，兒童戲劇是最後出現的貴族。

反觀歐美劇壇，真正重視兒童戲劇，成為一種運動，而且還視之為兒童教育的一環，也只是二十世紀初年新興的趨向。1903年美國紐約市興建的兒童教育劇院，可以說是世界上第一個兒童戲劇教育中心，也是兒童戲劇運動的開始，自1910年，全美戲劇聯盟成立，將兒童戲劇普遍推行以來，兒童戲劇教育已成為國際性的一個運動。1951年聯合國文教科學組織更重視此事，設立了國際兒童戲劇委員會，向全球推展工作。因而，肯定了兒童戲劇的價值。

隨著進步教育與實用教育的潮流，兒童戲劇教育運動發展的結果，已漸漸把兒童戲劇蛻變為一種新的獨立藝術，而這種創作性的戲劇活動，是當前教育上流行的理論與教學方法，深受歐美教育人士重視，因為這種教學方法，將功課變為遊戲，把教室變

成娛樂場所，由兒童自動自發的自由創作，不僅符合兒童愛好遊戲的天性，而且一切由兒童自己去扮演，自己去創作，經過一番戲劇化的表演，不論是歷史課或文學課，均可從親身體驗和工作學習中，收到領悟和了解的教育效果。申言之，戲劇活動能涵蓋德、智、體、群、美等五育的內容，戲劇是一種綜合性的表演藝術，而好的戲劇足以牽引觀眾隨著劇情的發展，產生喜、怒、哀、樂的變化，從而獲得情緒的滿足和豐富的知識。所以現代的教育家們利用戲劇做為教學的方法，透過兒童的表演和觀賞活動以達到教學的目的。

　　至於臺灣地區的兒童劇場，自七十五年四月以來，雖然有「水芹菜兒童劇團」、「魔奇兒童劇團」、「一元布偶劇團」、「九歌兒童劇團」、「杯子兒童實驗劇團」等兒童劇團的相繼成立，並有分支劇團的產生。似乎有兒童劇場鼎盛的徵象。可是，我們卻發現仍有許多值得商討的地方。個人多年來，一直注意兒童戲劇的發展概況，並進行有關兒童戲劇書目的收集，而今彙集成編，旨在提供愛好者參考，並盼望促使兒童戲劇的研究風氣。是以並將個人意見述說如下。

貳

　　由於兒童戲劇具有多重目標的教育效果，其引起國人有識之士的關切，自不待言。但有關早年兒童戲劇的史料則不多。僅以《中國話劇史》裡第九章第二節〈兒童戲劇的興起與成長〉為據（註一），試分述如下：

　　民國初年，雖然有過兒童劇的演出記錄，但那只是一鱗半爪，沒有形成運動。直至民國九年間，東南高級師範學校附小創設「杜威院」，引進最新的「設計教學法」，才把戲劇性的教育方式運用到教學方法上來，可是仍然很少有兒童劇的演出，直到民國十五、六年之間，北伐完成，全國統一，教育當局為了推行國語運動，由黎錦暉等人編了許多國語教材，投合兒童表演興趣，編排了一些歌舞形態的童話故事。如〈葡萄仙子〉、〈明月之夜〉、〈麻雀和小孩〉等，常在學校遊藝會裡演出，且風行一時。由於這類歌舞劇的不斷演出，才漸漸形成兒童劇的雛形。

　　民國二十六年，七七抗戰爆發，「八二三」上海戰起，大群被戰火毀了家的兒童，由社會收容，安置在難民所裡，這些受難的兒童為了抗日愛國，救己圖存，臨時組織了幾組歌詠隊和孩子劇團。一面在街頭唱歌演劇宣傳抗日；一面追隨政府向後方撤退。二十六年底到了漢口，由國民政府軍事委員會總政治部收編，加以訓練，分成兩個劇隊，每隊三十人，直屬第三廳分派工作，二十七年底由武漢到達重慶，除在市區演出，還分赴各鄉村，從事抗敵宣傳活動。

　　當時為了應付演出，隨時編製了不少兒童獨幕劇和多幕劇，也曾嘗試過兒童街頭劇和默劇的編寫，如〈仁丹鬍子〉、〈捉漢奸〉、〈不願做奴隸的孩子〉等。內容都有激烈的抗敵意識，可惜這些劇本都沒有流傳下來。

　　我國兒童劇的正式成立，應該追溯到民國三十五年一月，抗戰勝利之後，重慶北砲各界為了慶祝新年暨抗戰勝利，由國立劇專與中華兒童教育社聯合舉辦的兒童戲劇音樂表演會，演出大型兒童劇〈白雪公主〉。這是劇專同學參考外國卡通電影和國人所拍的〈白雪公主〉電影改編而成的，劇中角色全部由兒童扮演，配合劇情編的歌舞、服裝、布景、道具都經過精心的設計，並由專家指導排演，由於有歌有舞有戲，演出極為成功。也因為這劇的編、導演都有優越的表現，故可說是最正規最完善的一次兒童演出，這劇演出以後，把劇本交由正中書局編印成書，乃能流傳至今。

參

　　民國三十七年十二月，由臺灣省教育會編《兒童劇選》一書，交由東方出版社出版，列入臺灣省教育會文化叢書之一，這次臺灣光復初期提倡的兒童劇，游彌堅在序中說：

　　光復以來，我們努力開闢的新文化，到今日有相當的成就，以新觀念改造新的臺灣而投入的酵母，正在發酵。播種於藝術園地的新種子，發芽後日漸生長。我們這裡提倡兒童劇，也不過是我們想做而還沒著手的新文化工作的連鎖。我常說：「兒童領導大人」為什麼呢？我們所要提倡兒童劇的究竟目的，是提高藝術生活，發展民眾教育。兒童是最純真，最活潑靈敏的；他像白紙似的，無條件來接受這個新藝術，同時適應他的心理去創造，他銳利的觀察力，馬上感覺興趣，所以一上舞臺，態度變成真誠嚴肅，所表現出來的演劇動作，常叫我們感覺意外的成功。當父母的人，當老師一樣；由於他對自己兒女的慈愛和矜持，每有他兒女所出演的場所，他是很高興地由家庭跑到戲院裏的，並且很熱心地觀覽他兒女的表演，這個不但是能使他換一個新鮮空氣，被舊形式的陳舊娛樂所迷著的他，自然就會被感化過來，這樣子，兒童便會領導大人。在第一次兒童劇公演的時候，已收穫這種效果，這個證明上述的真實。一方面，在推行國語來說，能夠把學校裡的國語，

　　帶上感情和動作，變成社會生活上的日常言語，也就是普
及國語方面的一個實驗，我想養成藝術天才是要緊的一件
事，更要緊的是，這批小朋友們成人後；在十年八年的將
來，如歌仔戲文明戲等類，我們所嘆息不已要改革的低級
藝術，因為我們九牛一毛的力量沒法推倒的舊形式娛樂，
就會被它所遺棄，用不著我們去費力，自然地沒落消滅。
國民精神由此可振興，如此提高藝術生活，而發展民眾教
育的目的可以達到。在我這裡我們再進一步把所演過的兒
童劇本，取長剪短，改編出版，供給現下各方渴望需要的
藝術品，並以推擴我們繼續要做下去的文化工作。幸祈各
界支持，並賜鞭撻指正，是所至盼。

　　我們可以了解到游彌堅已經意識到兒童劇的重要，可惜後來
沒有繼續發展。

　　二十八年前，臺北市政府曾於市中心（峨嵋街）造了一座規
模較為完善的「兒童劇院」，當時社會人士咸認為是兒童福地。
可惜沒有好好經營，也沒有計劃的決心去做，竟淪為三流電影
院，卒因人謀不臧而廢棄，甚至拆除，改建停車場。

　　因此，臺灣地區兒童戲劇的倡導與推廣，當是於民國五十七
年，當時中國戲劇中心創辦人李曼瑰教授，遊歐歸來，鑒於國外
兒童劇的盛行，認為戲劇教育適合兒童身心的發展，又可帶動教
學方法的改進，於是積極提倡，試為推行。首先，建議臺北市教
育局（當時局長是施金池）與戲劇中心，合辦國中國小教師兒童
戲劇研習會，由各校選教師受訓二個月，從培養指導員做起，這
可說是兒童戲劇的開端。

　　接著五十八年成立兒童戲劇推行委員會，同時成立兒童教育劇團，由熱心兒童戲運的王慰誠擔任團長，每年暑假舉辦兒童戲劇訓練班，前後訓練兒童演員達千人之多，並做示範演出，王慰誠先生編導的「金龍太子」兒童劇，曾於五十九年九月，由戲劇藝術中心假國立藝術館連演十日，備受兒童歡迎。當時，中國電視公響應此項運動，開闢兒童節目，播演兒童電視劇。其實，就兒童電視劇而言，最先播出的是黃幼蘭女士編寫的〈民族幼苗〉，時間是五十一年十一月十日，〈民族幼苗〉的故事，是描寫一個嗜賭如命的媽媽，在警方人員的開導下幡然大悟，不但毅然戒絕了棄家庭及兒女於不顧的賭性，更使一度失去母愛的兒女重獲家庭的溫暖。由黃幼蘭女士領導的「娃娃劇團」演出，大部分由兒童飾演。十一月十一日另一個兒童節目「小蕙與丁丁」，是個劇集型的兒童電視節目，演出了「快樂生辰」，由陳約文女士編劇，亦是由小朋友演出，兩個電視的演出時間均為卅分鐘。
（註二）

　　五十九年暑假繼續舉辦臺北市教師導演人員訓練班，受訓人員六十人，仍由臺北市各校選派。六十年，省教育廳為了加強編導人才的培養，於省訓團內特設戲劇編導班，委請戲劇中心主持課務，由省市立中小學校保送八十位教師，前往臺中中興新村受訓。前後三期，總共訓練教師二百人，這就是日後推行兒童劇運的基本人才。

　　從五十八年以迄六十三年，兒童教育劇團共舉辦五屆的示範演出，計公演兒童劇九齣，參加團演出學生近千人。

　　由於社會各方面重視兒童戲劇，六十三年，教育部國教司在葉楚生司長深思熟慮之下，特頒訂「國中國小兒童劇展實施要

點」（教育部63、11、26臺（63）國三二七二〇號），通令全國
各省市教育局一力推行，並規定各縣市每年必須舉行一次為原
則。但這僅是一紙公文，似乎沒有人認真地實施，雖然要點裡曾
清楚地說：

為加強民族精神教育，公民教育以及生活教育，擴大教忠、
教孝等教育效果，並增進學生語文應用及表達能力，培養學生音
樂美術興趣，激發團體合作精神，以陶冶學生完美人格，並使劇
展在學校落實生根。（註三）

直到三年後，臺北市教育局才決心鼓勵實施，並於六十六年
四月四日起至十八日止，舉辦第一屆兒童劇團展。而兩位兒童劇
的播種者：李曼瑰（六十四年十月去世）和王慰誠（六十六年八
月去世）都已離開人間，但他們的事業則永留人間。臺北市的兒
童劇展也薪火相傳的繼續舉辦下去，並自七十一年開始，改稱為
「青少年兒童劇展」，又自七十七年起改為「自由報名參加」的
觀摩方式。

除外，並有熱心兒童戲劇教育人士，他們希望創作「兒童劇
場」，由大人演給小孩子看的戲劇，如六十年雲門舞集在南海路
藝術館推出歌舞劇「小鼓手」。如由陳玲玲所策劃推動的方圓劇
場，七十二年兒童節在師大禮堂演出。又有由汪其楣教授製作兼
導演的「兒童劇場」，於七十三年文藝季中，先在青年公園露天
演出，不收門票，後於台北市社教館演出（時間九月二十三日─
二十六日）公開售票。「兒童劇場」以純中國的兒童劇場相標
榜，內容分詩、歌、劇、和肢體活動四類，演員由國立藝術學院
同學擔任。而後，兒童劇場開始有了民間的兒童劇團活動。

肆

　　由於社會人士的參與，以及教育行政單位的推動，兒童戲劇得以全面性的展開，然而活動大多以中、小學校做為發展的據點，以競賽演出做為手段。其參與的對象多為該校的老師與兒童，由於老師本身忙於專業教學，對劇場藝術的認知相當有限，因此，兒童戲劇運動行之多年，然依舊侷限於校區活動。致使兒童劇場的意義混淆不明。

　　兒童戲劇顧名思義是為兒童觀眾服務的戲劇演出，其目的是希望帶給兒童快樂及幫助他們成長中變得更富人性。總之，兒童戲劇是專為兒童設計製作及演出的戲劇，也就是兒童自己的戲劇。陳信茂先生在《兒童戲劇概論》裡的定義是：

> 因此，依照前面各節，對兒童階段、兒童特徵、戲劇定義的介紹，我們可以綜合歸納起來，為兒童戲劇下個定義。所謂兒童戲劇：應該用兒童的想像、兒童的語言、兒童的情感、兒童的經驗，透過戲劇的手法，表現大宇宙間動植物的生活、人和物的關係、社會的現象、人生的意義。用以增進兒童的知識、陶融兒童的美感、堅定兒童的意志、充實兒童的生活、誘導兒童的向上的藝術活動。凡合乎上述要求，不管內容是古代或近代；事件是發生在國內或國外；表現方式是舞臺、電影、電視、或卡通，甚或皮影、木偶，或歌仔戲；扮演人不論成人與小孩，只要根據兒

童身心發展理論，內容切合兒童發展需要都可稱為兒童戲
劇。（見1983.1臺大文化出版社本，頁10）

　　兒童戲劇的類型，就戲劇作品的處理形式而言，可從「演出
成員」、「演出媒體」、「演出形態」來分類（詳見陳信茂《兒
童戲劇概論》頁33—35）。至於傳統的分法，則有：「話劇、廣
播劇、歌舞劇、舞劇、電影、電視劇、卡通影劇、魁儡戲劇（木
偶戲、手掌戲、皮影戲）、雙簧劇、啞劇、活報劇、相聲、影子
戲、詩劇、非寫實劇等十四種之別（詳見黃文進、許憲雄《兒
童戲劇編導略論》頁18-23）」。總之，兒童戲劇在發展上有各
種不同的組織（如校區內的、民間社區的、私下集團的、大學
的……），但共同的目標卻是一致的，發展兒童的潛力，使導引
為有創意及成熟的公民。有關兒童劇場的基本概念，在布羅凱特
的《世界戲劇藝術欣賞》一書有簡要的說明，試引錄全文如下：

　　兒童劇場可以有多種體制：職業性、社會與學術性的劇
　　場。兒童劇場的特色是在觀眾。過去的劇場都以成人為觀
　　眾，從二十世紀，尤其是第二次世界大戰以來，以劇場為
　　對象的戲劇逐漸發展。現在的兒童劇場朝氣蓬勃。發展的
　　結果就需要這方面的人才。
　　兒童劇場的演出有兩種主要類型：兒童為兒童表演，成人
　　為兒童表演。兩種演出的對象都是相同的，但是第一種能
　　使參加演出的兒童獲得表演的經驗。此外還有一種「創作
　　戲劇」，創作戲劇雖然不能算是一種劇場活動，但是與兒
　　童劇場有關。讓兒童自己從故事、史實或其他課本上的文

章裡創作戲劇，兒童只要依照著故事的輪廓去盡量發揮自己的想像力。

兒童劇場與創作戲劇都有等級之分，因為年齡不同的兒童興趣也不會一樣。所以劇本與方法都因觀眾與演出者的年齡而有不同。

小學生的學校活動中雖然常有兒童劇場和創作戲劇，但是卻沒有戲劇的課程。美國有許多專供兒童觀眾欣賞的戲劇演出。大多數大城市的娛樂節目裡都包括兒童劇場和創作戲劇，有些社會劇團每年都專門為兒童安排幾部戲，美國的少年聯盟也常演兒童劇，許多高中、學院與大學每一季都演出一部以上的兒童戲劇，還有些劇團組織是專演兒童戲劇的。

因此這方面的人才是很需要的。有些學院和大學會聘用這方面的專家，有些學校要雇用能示範與負責創作戲劇的人，有些社會劇場聘請專門演出兒童戲劇的導演，大眾娛樂節目則聘請這方面的行家。此外還有專為兒童表演的劇團。

兒童劇場的工作人員需要具備其他任何劇場工作人員所具備的一切基本訓練。此外他還應接受兒童心理學與兒童劇場特殊技術的特別教育。兒童劇場的重要性在：塑造未來的觀眾，培養對戲劇與對一般藝術的愛好。（見1974.12志文出版社胡耀恆譯本，頁728-730）。

　　申言之，兒童戲劇雖然在不同的組織型態有不同的發展。但依其發展的現象而畫分成三類：

創造性戲劇　Creative Dramalics

兒童劇場　Children's Theatre

娛樂性劇場　Recreational Theatre（詳見1984.10.10《時報雜誌》254期尹世英〈論兒童戲劇〉一文頁58—59）。

試簡單介紹如下：

1.**創造性戲劇**：也稱之為啟發性戲劇，是一種非正式的活動，它的目標不是為演出，乃是透過戲劇藝術的形式來訓練發展兒童的創造及想像力，並利用群體活動的過程發展兒童的本性及潛力，從而積極培養兒童戲劇藝術的愛好。這種創造性戲劇活動，可說是兒童戲劇教育運動發展的結果，是目前流行的教育理論與教學方法，它源於十九世紀斐斯塔洛齊（J.H.Pestalozzi,1746-1827）的「具體課業」，其後經杜威等人的發場光大。至1930年，有伊文斯登（Evanston）西北大學講師吳愛德女士（Winifred Ward），將她的教育理念與經驗，編著成書，命題為《創作性的戲劇活動》，於是乃成一代的風尚，教育的主流，並風行世界各國。（註四）

創造性戲劇實現「工作、學習、遊戲」三者合一的教育觀念。它是學校的基本教學，也時常用來作為兒童心理的治療方法。事實上它也成為總體教育的一環。創造性戲劇老師僅站在誘導的立場，提供許多不同的開放的問題，由兒童用自己的方式去解決戲劇中的問題，老師在過程中給予一些戲劇上的規則，如人物的角色性格的一致、逼真、相互關係、戲劇情節的完整性等。總之，創造性戲劇的重點只在培養戲劇自我性格的發展，如需演出，大多是提出較具典型的做示範，其觀眾也僅是兒童的雙親及

同學。其目的就是好玩與鼓勵參與，演的好壞是次要的。

2. **兒童劇場**：是種正式的劇場活動，是當著兒童觀眾面前正式演出。它的目標是提供娛樂給兒童，亦即是在引發兒童對戲劇的興趣。在兒童劇場中常常混淆誰最該是扮演者，一般說來，兒童劇場並沒有嚴格區分一定是由兒童或成人演出，但是，由於正式兒童劇場的要求壓力大，工作時間也超過兒童的負荷，不過大多由成人來扮演，偶或有一些兒童的角色由兒童來扮演，或者觀眾對特定的兒童有所喜愛，才會考慮由兒童擔任。又為了使兒童在不同的年齡，有不同的瞭解能力，是以學者依據生理與心理的發展做區分，有所謂各種不同年齡的適用劇場。

3. **娛樂性劇場**：在娛樂性劇場中，一方面強調過程；一方面也強調製作演出。兒童在透過戲劇學習如何去發聲，著裝、表演和其他角色互通默契，他們也要瞭解觀眾的喜愛，同樣他們也要了解在演出中有成功與失敗的可能，這是與創造性戲劇不同之處。

此類活動多在學校慶典演出，是校園的活動。其目的在培養自信心。因此，指導的老師需要特別注意避免把兒童置於心靈受到傷害的狀況中。在娛樂性的戲劇活動中，老師要有足夠的能力瞭解並判斷兒童表演的能力與限度及再激發他們的潛力。

娛樂性戲劇可說是創造性戲劇的總結，兒童在沒有時間的壓力的狀況下去創造，去發揮表演，老師是在瞭解他們的作品很有可觀性後才再宣佈做成一場的演出。

申言之，戲劇藝術的特質是：戲劇是綜合藝術，戲劇是集體創作的藝術，戲劇是以表演為中心的藝術。這三種特質是兒童戲劇特質的母體。根據兒童戲劇是服務教育的角色，再以兒童立

場，抽取母體戲劇藝術特質中，適合兒童生理、心理，社會等發展的各種因素，兒童戲劇有如下的特質：

（1）兒童劇是綜合藝術

（2）兒童劇之劇作家與導演並重

（3）兒童劇需要整體性的關注與付出

（4）兒童劇是一種迷人的藝術

（5）兒童劇兼有兒童文學的內涵

（6）兒童劇是一種「遊戲」，而在遊戲中，學童可以充分學習。（詳見黃文進、許憲雄《兒童戲劇編導略論》頁7-14。）

伍

　　國內兒童戲劇的推動，在國小課程標準中無戲劇一科，及師院、師大未設立戲劇教育課程的情況下，已走過了十幾年的辛苦路。而近三年來，民間的兒童戲劇活動，卻似乎比省市教育局的兒童劇展紮實，發展性亦較為可觀。我們理當注視他們的各種嘗試、挫折、失敗和小小的收穫，並給予他們應有的鼓勵和尊重。

　　個人擬引錄兩位有心人士言猶在耳的叮嚀與期許。尹世英先生於〈論兒童劇場〉一文裡說：

> 國內兒童戲劇的未來發展，自有其生長的特殊環境，然而在求點的演出，提供娛樂之餘，如何積極建立全國兒童劇場的網道，政府與民間相互協調，使在每一環節上做設計，鼓勵更多關懷下一代的人士共同努力，在政府的「文化紮根，文化自基層做起」的政策下，健全兒童劇場倒不失一條重要途徑。（見1984.10.10《時報雜誌》254期頁59）

又王友輝先生於〈臺北市兒童劇展十一年〉一文裡亦云：

> 但是，如果我們確定劇展的功能，認清劇展的目漂，在可見的末來，我們仍然可以調整劇展競賽的觀念和作法，仍然可以促使戲劇科系的學生真正參與兒童劇展的活動，仍

然可以引導學校長期利用課外時間，將戲劇變成給予孩子
們快樂童年的方法之一；仍然可以開拓兒童戲劇創作的領
域，將之擴展到傳統童話、民間傳說、童詩、少年小說、
科幻故事等等，結合兒童文學家、心理學家、社會學家等
等的力量，創造出一個屬於這一代中國人的兒童劇場。因
為，我們心中擁有對孩子們的誠摯負擔、擁有孩子們一張
張各色各樣的臉龐，同時，我們具備了相當的劇場能力，
才能夠為現在和未來的孩子們，建立出一個包含教育性、
幻想性和娛樂性的兒童劇展，也為行之已久的青少年兒童
劇展，寫下更輝煌的一頁。（見1987.8《文訊》31期、頁
120）

　　申言之，不管戲劇演出的型式如何改變，劇場觀念如何翻
新，通常仍視劇本為演出順利的先決條件之一，而以鼓勵創作優
秀劇作做為推展劇運的重要關鍵。倡導兒童戲劇發展的李曼瑰
也體察到劇本對劇展的影響力，他在〈中華兒童戲劇集代序〉裡
說：

　　在我國，不獨本國作家所創作的兒童劇本難以找到一、二
　　個，就是翻譯本也是鳳毛麟角。憶本人發起推動兒童劇運
　　之初，即擔心劇本的問題，曾和不少編劇的朋友商談，央
　　請編撰兒童劇，更常常鼓勵學生，尤其是女學生，從事兒
　　童劇本的寫作，甚至獻身兒童劇運。（見1981.1中國戲劇
　　藝術中心版《臺北市兒童劇展歷屆評論集》頁228）

　　民國六十一年二月十五日，她邀請六個教育機關的主管和熱心兒童劇運的朋友敘餐（註五），商談結論，一致贊同公開徵選兒童劇本，徵求對象為省市公私立國中國小教職員。由文化局、社教司、教育廳、教育局各撥款三萬元，以為錄選劇本稿酬、評選、修改，補助出版等費用。並委託劇藝中心開設兒童劇編撰函授班。於七月十日公告，十一月卅一日截稿。評審結果，錄選長短劇本三十一部，另特選函授班中非教師的佳作一部，計三十二部，於六十二年元月四日公布。又議決請教育廳於臺灣省國民學校教師研究會第一五四期，增設兒童劇寫作研習班，徵調應徵與參加函授班教師四十人，於六十二年二月十二日前往板橋受訓一個月。由劇藝中心安排課程，聘請教授，並特聘專家劉碩夫、王慰誠、張永祥、陳文泉等人個別指導、修改劇本。幾經修繕、更改、重寫，再由李曼瑰逐句逐字細閱，大加整理歷時半年。其間，或代為刪改、修正，或提供意見，或另編新劇。至年底始選出二十六部，編輯出版。其中二十五部是錄選劇本作者的原著或另編的新劇，一部非錄選的劇本「重逢」，則是板橋研習會班上一位學員的新著。二十六部分四冊出版，總題為《中華兒童戲劇集》，於六十三年年初由中國戲劇藝術中心正式出版。

　　六十七年，中國戲劇藝術中心二度登報紙甄選劇本，並將所甄選出的十個優良劇本，集結出版為《中華兒童戲劇集第二輯》。後來，中國戲劇藝術中心歷年珍存的許多文物資料與兒童劇作品，皆焚毀於六十九年九月一場火災中，殊為可惜。

　　到了民國七十三年的七十二學年度，臺北市教育局開始甄選青少年兒童劇本，並將得獎作品集結出版，截至七十五年為止，也選出二十一部劇本，只可惜這批劇本並未對外發行，僅流傳於

臺北市中小學間，無法對社會產生具體的影響。

　　除上述以甄選為手段鼓勵兒童劇的創作之外，劇展本身的舉行，也是另一個刺激新作品產生的有效途徑。每年的臺北市兒童劇展評審要點中，皆列有「劇本創作獎」，各校的老師，往往也敢於嘗試創作，因此十餘年來，亦有百餘本的兒童劇劇本，只是這些演出劇本，並不一定有出版，縱使出版亦流傳不廣。是以所謂的兒童圖書目錄，有關兒童劇本者皆簡陋無比。其間，亦有人做戲劇書目之整理，可見者有：

　　《兒童劇書目初編》　柳文哲（見1987.4《海洋兒童文學》13期　頁45-48）

　　《光復後臺灣戲劇書目》（上、中、下）　焦桐（上篇見1987.10《文訊》32期頁32-47。中篇見1987.12《文訊》33期251-261頁。下篇見1988.2《文訊》34期　頁268-278。）

　　本書目以彙集臺、港地區為主，且以出版成書者為據。收錄年代始於臺灣光復後，止於七十八年七月。至於在大陸時期的有關兒童劇之著作，有一部份在臺灣重印（如臺灣商務印書館增印小學生文庫）。由於兒童戲劇書目不多，是以一併收錄。至於有聲書目，因個人能力有限，只好付之闕如。

　　本書目計分三類。**第壹類以論述為主**，各人所見要以「怎樣指導兒童演劇」為最早。它是三十七年二月由上海商務印書館刊行，由於得來不易，特別收入本書目。**第貳類以解釋或說明戲劇為主**，這類著作，不是論述；也不是劇本，但卻有助於對戲劇的認識，進而引發兒童對戲劇的興趣。**第參類即是廣義的兒童劇**

本。

　　本目錄以個人收集為主，並綜採既有戲劇書目與兒童圖書目錄。其間有個人未見書目，或年版時間不詳者，皆於備註欄註明所見出處。又本書目旨在供同好者參考，並期引玉以增補不足。（1989.7）

論述類：

書　　名	編著者	出版社	時間	備　　註
怎樣指導兒童演劇	龔炯編著	上海商務印書館	1948.2	
戲劇作法（增訂小學生文庫76冊）	殷佩斯編	商務印書館	1966	見《中華民國兒童圖書總目》頁22、116
國小戲劇教材與教學	孫澈編著	正中書局	1977.7	
臺北市兒童劇展歷屆評論集	賈亦棣編著	中國戲劇藝術中心	1981.1	
蘭陵劇坊的初步實驗	吳靜吉編著	遠流出版社	1982.10	
心理劇入門	游麗嘉編譯	大洋出版社	1983.1	
兒童戲劇概論	陳信茂編著	臺大文化事業出版社	1983.1	
青少年兒童戲劇指導手冊	國小輔導叢書編審委員會	臺北市教育局	1983.6	

書　名	編著者	出版社	時間	備　註
由演劇到領悟（心理演劇方法之實際應用）	陳珠璋、吳就君等編著	張老師出版社	1983.12	
面具集錦	金培文編譯	大光文字團契出版社	1984.12	
演劇服裝	金培文編譯	大光文字團契出版社	1984.10	
寓言童話、戲劇	子嬰主編	香港雅苑出版社	1984.12	
兒童戲劇與行為表現力	胡寶林著	遠流出版社	1986.2	
中國的戲劇	陳芳英著	圖文出版社	1986.3再版	
西洋的戲劇	胡耀恒著	圖文出版社	1986.3再版	
舞臺劇	黃美序著	圖文出版社	1986.3再版	
兒童戲劇編導略論	黃文進、許憲雄編著	復文圖書出版公司	1986.7	
兒童文學創作班劇本講義（一）、（二）	華霞菱執筆	國語日報語文中心	1988.3	
認識兒童戲劇	鄭明進主編	中國民國兒童文學學會	1988.11	
幼稚園戲劇活動教學、設計	岡田正章監修	武陵出版社	1989.9	

解說類：

書　名	編著者	出版社	時間	備　註
平劇本事（全知少年文庫第一輯第五集第六冊）	高慶泰編	華國出版社	1962、1965	《中華民國兒童圖書總目》頁6、116
國劇中的風雷雨雪	張大夏圖文	省教育廳	1977.3	
國劇中的各種人物	張大夏圖文	省教育廳	1977.4	
國劇中的交通工具	張大夏圖文	省教育廳	1977.4	
國劇欣賞	張大夏著	朗道文藝雜誌社	1977.4	
國劇中的舞蹈	張大夏圖文	省教育廳	1980.1	
國劇中的各種兵器	張大夏圖文	省教育廳	1981.1	
看古人扮戲—劇曲故事	張曉風編撰	時報文化出版公司	1981.1	
元曲	東華改寫	聯廣圖書公司	1981.6 出版	
曲的傳奇	李瑋著	號角出版社	1983.10	
中國戲劇故事新寫	黃端田著	水芙蓉出版社	1981.6	
戲劇故事欣賞		聯廣圖書公司	1983.12	
中國戲劇故事選集（計八冊一～八）	楊富森述	東方出版社	1984.8 再版	
國劇裡用的東西—切末	張大夏圖文	省教育廳	1986.9 再版	
大地之愛	王孝廉等著	幼獅文化事業公司	1987.6	
張生煮海（中國戲曲故事）	桂文亞編著	民生報社	1987.11	

書　　名	編著者	出版社	時間	備　註
家庭劇場	游乾桂著	桂冠圖書公司	1988.6	

劇本類：

書　　名	編著者	出版社	時間	備　註
白雪公主	李德權著	正中書局	1948.9	
月光曲	魏訥著	東方出版社	1948.9	
兒童劇選	臺灣省教育會編	東方出版社	1948.11	
春	梁石著	香港新世紀出版社	1953.11	《海洋兒童文學》13期頁47
兒童話劇（兒童叢書第七冊）		中華兒童書局編印	1954	《中華民國兒童圖書總目》頁12
兒童戲劇選	胡春冰主編	香港大公書局	1955	《中華民國兒童圖書總目》頁193
白雪（新中國兒童文庫第八十二冊）	朱傳譽著	正中書局	1957.4	
快樂園	姚克、雨文同改編	香港南風出版社	1957	《中華民國兒童圖書總目》頁193
少年游擊隊（新中國兒童文庫第八十二冊）	錢野桐著	正中書局	1957	《中華民國兒童圖書總目》頁20、193
米的故事	陳香著	臺灣書店	1959	據文訊32期頁45

書　　名	編著者	出版社	時間	備　　註
中國古代長詩歌（全知少年文庫）	李適著	華國出版社	1962	《中華民國兒童圖書總目》頁7
一顆紅寶石（兒童廣播劇第一集）	林良、徐會淵編	小學生雜誌社	1965	《中華民國兒童圖書總目》頁193
新生（增訂小學生文庫第423冊）	謝康著	商務印書館	1965	《中華民國兒童圖書總目》頁29、192
獨幕短劇（增訂小學生文庫第434～435冊）	商務印書館編審部編	商務印書館	1966	同前書頁29、193
兒童劇本（增訂小學生文庫第426～429冊）	商務印書館編審部編	商務印書館	1966	同前
蜜蜂（增訂小學生文庫第422冊）	商務印書館編審部編	商務印書館	1966	同前
故事劇（增訂小學生文庫第430～433冊）	胡懷琛編	商務印書館	1966	同前
珍兒演劇史（增訂小學生文庫第436～437冊）	雷家駿編	商務印書館	1966	同前
荒年（增訂小學生文庫第425冊）	沈秉康編	商務印書館	1966	同前頁29、193
風浪（增訂小學生文庫第424冊）	何明齊編	商務印書館	1966	同前
亞洲獨幕劇選（亞洲少年叢書五冊）	馮慧等著	香港亞洲出版社		《中華民國兒童圖書書目》12

書　　名	編著者	出版社	時間	備　註
喜上眉梢	喬竹君著	臺中市東藝演出服務中心出版部		《全國兒童圖書目錄》頁468。文訊33期頁259。
誰的貢獻最大（中華兒童叢書）	馮偉著	臺灣省教育廳	1968.1	
薇薇的週記	林海音著	純文學出版社	1968.10	
友情（廣播劇、中華兒童叢書）	蘇雲青著	臺灣書店	1969.9	
兒童戲劇選	余春林著	宏葉書局	1970.4	
金龍太子	王慰誠著	中國戲劇藝術中心	59.6	
孝感動天	黃幼蘭著	中國家庭教育協進會	1972.10再版	
兒童電視劇集	吳青萍著	中國戲劇藝術中心	1972.5	
狐狸的故事	廖寶彩譯	光啟出版社	1972	《全國兒童圖書目錄》頁467。
楚漢群英	王英釵著	王子出版社	1973	同前
著名的歌劇（全知少年文庫第二輯第十七集第五冊）	鍾又鄰著	華國出版社		同前
兒童戲劇集（第一集第一輯）	總編輯李曼瑰兒童劇徵選委員彙編	中國戲劇藝術中心出版部	1973.12	正式出版當屬63年初，下同

書　　名	編著者	出版社	時間	備　註
兒童戲劇集（第一集第二輯）	總編輯李曼瑰兒童劇徵選委員彙編	中國戲劇藝術中心出版部	1973.12	
兒童戲劇集（第一集第三輯）	總編輯李曼瑰兒童劇徵選委員彙編	中國戲劇藝術中心出版部	1973.12	
兒童戲劇集（第一集第四輯）	總編輯李曼瑰兒童劇徵選委員彙編	中國戲劇藝術中心出版部	1973.12	
小劇場	王子雜誌社編輯部編	王子出版社	1974	見《全國兒童圖書目錄》頁466
誰偷吃了月亮	張筱瑩編劇	自印本	66.6	
海王星歷險記（中華兒童戲劇集第二集之一）	丁洪哲著	中國戲劇藝術中心出版部	1977.6	
金蘋果（中華兒童戲劇集第二集之二）	姜龍昭著	中國戲劇藝術中心出版部	1978.3	
小花鹿尋父記（中華兒童戲劇集第二集之三）	黃藍著	中國戲劇藝術中心出版部	1978.3	
擒賊記（中華兒童戲劇集第二集之四）	張鳳琴著	中國戲劇藝術中心出版部	1978.3	

書　　名	編著者	出版社	時間	備　註
爸爸回家時（中華兒童戲劇集第二集之五）	蘇偉貞著	中國戲劇藝術中心出版部	1978.3	
回生水（中華兒童戲劇集第二集之六）	胡華芝著	中國戲劇藝術中心出版部	1978.3	
山村魅影（中華兒童戲劇集第二集之七）	白明華著	中國戲劇藝術中心出版部	1978.3	
孤兒努力記（中華兒童戲劇集第二集之八）	林清泉著	中國戲劇藝術中心出版部	1978.3	
智擒野狼（中華兒童戲劇集第二集之九）	許永代著	中國戲劇藝術中心出版部	1978.3	
彩虹泉（中華兒童戲劇集第二集之十）	陳亞南著	中國戲劇藝術中心出版部	1978.3	
兒童生活教育短劇集	北市三興國小		1978.8	《臺北市兒童劇展歷屆評論集》頁232
水晶宮（兒童歌舞劇）（中華兒童叢書）	陳玉珠著	臺灣省教育廳	1980.10	
童話劇集①②	香港山童群益會導師編	香港新亞兒童教育出版社	1979.11	
最新兒童歌劇	林箴箴編	新潮出版社		
杏壇春暖	洪美慧、宋陵安著	省北師附小	1982.8	

書　名	編著者	出版社	時間	備　註
青少年兒童劇本	臺北市教育局七十一學年度甄選青少年兒童劇本得獎作品專輯	臺北市教育局印行	1982	
青少年兒童劇本	臺北市教育局七十二學年度甄選青少年兒童劇本得獎作品專輯	臺北市教育局印行	1983	
青少年兒童劇本	臺北市教育局七十三學年度甄選青少年兒童劇本得獎作品專輯	臺北市教育局印行	1984	
來！我們看海去	侯芳香著	嘉義中埔國小	1985	見《文訊》34期頁278
青少年兒童劇本	臺北市教育局七十四學年度甄選青少年兒童劇本得獎作品專輯	臺北市教育局印行	1985	

書　　名	編著者	出版社	時間	備　　註
青少年兒童劇本	臺北市教育局七十五學年度甄選青少年兒童劇本得獎作品專輯	臺北市教育局印行	1986	
愛的光輝	林翠釵著	省北師專附小	1985.5	
林秀珍的心	黃基博著	屏東仙吉國小	1986.4	
教材戲劇化教學研究（腳本編寫示例100篇）	陳杭生編		1986.5	
森林裡的故事	黃基博著	屏東仙吉國小	1987.1	
林秀珍的心（中華兒童叢書）	黃基博著	臺灣省教育廳	1987.4	
伯勞鳥歷險記		臺北市東門國小	1987.6	
新竹市七十七年度相聲比賽優良腳本彙編		新竹市政府編印		
花神	黃基博著	屏東仙吉國小	1988.2	
青少年兒童劇本（第一集計四冊四輯）		臺北市教育局	1988	重印中國戲劇藝術中心《中華兒童戲劇集》一、二集作品。

書　　名	編著者	出版社	時間	備　註
小麻雀第三集（兒童劇本選集）		臺南縣政府、臺南縣文復會	1988.4	
前程萬里	陳亞南著	北市和平國中	1988.11	
公德心放假	黃基博著	屏東仙吉國小	1988.12	
小黃鶯	黃基博著	屏東仙吉國小	1989.1	

附註：

註一：《中國話劇史》吳若、賈亦棣合著，1985年3月由文建會印行，詳見原書頁 286~290。並參見賈亦棣左列兩篇文章：〈兒童教育與兒童劇運〉見《臺北市兒童劇展歷屆評論集》頁5~8。

　　　兒童劇的演進與寫作方向見《青少年兒童戲劇指導手冊》頁11~24

註二：詳見1986.5采風出版社姜龍昭《戲劇評論集》頁24

註三：此段引文同註一，見頁288頁。又教育部1974.11.26臺（63）國三二七二〇號訂頒〈國中國小兒童戲劇展實施要點〉全文如下：

1. 目的：為加強民精神教育及生活教育，並增進兒童語文應用及表達能力，培養兒童音樂美術興趣，激發團體合作精神，提倡兒童劇藝活動起見，特訂本要點。

2. 組織：為推廣劇展得組織左列委員會

(1)指導委員會：負責指導工作，由教育部國民教育司、社會教育司、國立藝術館、臺灣省政府教育廳、臺北市政府教育局及中國戲劇藝術中心等六單位組成之。

(2)各縣市劇展籌備委員會：負責籌劃及推行劇展，由各縣市政府教育局學務課、社教課及曾受劇藝訓練之教師及社會對劇藝活動熱心之人士組成之。

(3)贊助單位：各縣市劇展籌委會必要時得洽請當地大專院校美術音樂及戲劇等科系或駐軍之文康隊予以支援。

(4)劇展單位：試辦初期以臺北縣（市）臺中縣（市）高雄縣（市）及花蓮縣等縣市所屬交通便利之學校每一輔導區最少一校參加演出為原則。若有事實困難，亦可由兩校合作演出。未參加演出之學校得遴派教師觀摩，以期逐漸普遍化。

(5)劇展時間：以寒暑假或兒童節前後為宜，各縣市可自行決定。

但自六十四年度起，每年每縣市以須舉行一次為原則。

(6)劇展方式：布景、道具、服裝儘量以克難方式為之，不必拘於形式。

(7)劇本選用：自由遴選，但須有助於激發兒童愛國觀念及培養民族意識者為主，或確具藝術價值並適合兒童心理者為原則。

(8)經費：各縣市教育局對於參加劇展之學校，應酌量補助演出之部份費用。若採用售票方式，其票款收入至少應以50%撥交演出之學校，以貼補該校劇展之費用。

(9)獎勵：劇展績優之學校，各縣市籌委會應對該校校長教師及學生予以團體或個人優勝獎。

註四：見《臺北市兒童劇展歷屆評論集》裏李曼瑰〈中華兒童戲劇集代序〉頁222~226。

註五：同四、頁229。

（本文刊登於1990年6月《幼兒教育輔導工作研討會論文（幼教學刊》第二集，頁95-125，臺東市，臺灣省立臺東師範學院。）

臺灣民間故事書目──並序

壹

　　臺灣到底有多少傳襲的民間故事？婁子匡於五十一年十二月〈臺灣民俗文藝試論〉一文的「前言」有云：

> 我年來多承臺灣的民俗學和民俗文藝的學人們的協助，致力於臺灣民間文學資料的蒐集、整理、迻譯和研究，大概臺灣底目今正在流傳著的有四百多故事，我已經涉獵過，而選取了精粹的一〇一個加以整理和迻譯，並且製成了「節要的索引」。（原文見《臺北文獻》第二期頁八一〇今見成文影印本《臺北文獻》冊一，頁二七九〇）

　　而二十八年後的今日，由於未曾經過全面性的收錄與整理，我們仍然未能有肯定的答案。

　　個人由於研究兒童文學源流的問題，因而注意到俗文學；且以「臺灣民間故事」為範圍，長久以來，多方收集與閱讀，有關臺灣民間故事，個人認為有下列三點值得注意：

　　一、特殊的文化生態。臺灣位居大陸的邊緣，自古被視為海外孤島。其住民，除了先住民以外，幾乎都是來自大陸的福建與廣東。而臺灣近代的歷史，先後歷經荷蘭，西班牙、明鄭、滿清，以及日本人的統治。其中，相當長的時期處於殖民地的地位。因此，除了漢人的移民文化外，尚有殖民文化的滲入；尤以日據時期的殖民文化影響最為顯著。所以，臺灣的文化在光復前

是以漢人移民文化為主，殖民文化為輔的文化型態。這種特殊的
文化生態亦主導著臺灣的民間故事。

　　我們可以說臺灣的民間故事與大陸華南一帶的民間故事是出
自同一淵源的。然而臺灣的民間故事並非將華南的民間故事之母
型，原封不動的繼承下來。二、三百年來的特殊歷史推移，海島
的地理環境等客觀條件，竟使臺灣的民間故事與其母型大異其
趣，甚至於有許多是純粹配合臺灣的鄉土形成的。

　　在這種特殊文化生態的臺灣，其居民主要是以原住民、閩
南、客家為主。而這些居民，就並時的觀點而言，皆有各自的民
間故事。就歷時的觀點而言，若就臺灣的文化史三百多年，分為
三期的話，在民間文學的範疇內，初期是神話與傳說發達，中期
與後期則是民譚較為發達的時期。其中神話與傳說以迷信怪誕為
多，而民譚卻多富於人性、人情味者。

　　二、臺灣的民俗研究，是源於日本政治上的需要。興盛於戰
前，衰微於戰後，日據五十年間為全盛時期。臺灣的民俗研究非
但不是源自大陸，且是在大陸的民俗運動之前展開。日本人於清
光緒二十一年（民前十七年，西元一八九五年）據臺之後，為了
推行殖民政策，並作為治臺施政之參考，立即開始調查臺灣的風
俗習慣；其間並曾專致於調查生蕃的生活習慣。因此，日據時期
的臺灣民俗研究，要以原住民為主。有關日據時期的臺灣民俗研
究，可參見六十九年六月《國立中央圖書館臺灣分館日文臺灣資
料目錄》一書。

　　至於臺灣人用中文整理臺灣民間故事，是始自始昭和六年
（民國二十年，西元1931年）新民報的歌謠徵集；個人則始於李
獻璋的《臺灣謎語纂錄》。又臺灣民間故事的整理，則始於《第

一線》雜誌的故事特輯（民國二十三年一月六日）。

　　三、臺灣民間故事仍是一塊很豐富的新天地，有待大家來發掘、欣賞、研究。臺灣民間故事的收集與研究，緣於政治的需求，要以原住民的故事為多。其間客家民間故事，僅見周青樺搜錄《臺灣客家俗文學》一書（中國民俗學會民俗叢書第五五種）。而閩南民間故事雖然曾有收集與研究，但由於是以個人為主，且非專業，致使成果不彰。因此，臺灣的民間故事仍是一塊等待開採的璞玉。

　　有關臺灣民間故事的整理，自當以全面採錄目前仍在流傳的故事為首要之途。而在未全面收錄之前，彙集有關臺灣民間故事成書書目，提供同好參考，或許亦屬必須之工作。並略述有關意見如後。

貳

　　民間故事是民間文學中一個範圍廣泛的類別。而民間文學的名稱歧異，有稱之為民眾文學、平民文學、民俗文學、通俗文學、俗文學，又有稱為大眾文學、農民文學、鄉土文學、口耳文學、口傳文學、口語文學，口碑文學；或講唱文學、大眾語文學。而文學兩字或有用文藝。在臺灣地區，則以「俗文學」一詞較為通行，其次是「民間文學」。

　　「民間文學」是和作家書面文學相對而言。在沒有文字或雖有文字而不善於應用的民族，常發揮其智力於故事、歌謠、諺語、謎語等方面，這種口傳的東西，被稱為民間文學。民間文學作為學術名稱，是從Folklore發展而來，這個用詞是一八四六年英國學者威廉・湯姆斯（W.J Thomas）所創造。Folklore的含義是「民眾的智慧」或「民眾的知識」。後來這一名稱被西方學者使用，並確定為「民俗學」。因此，「民俗」這個名稱後來在一般的使用上含有兩方面的意思。

　　一是指民俗本身。也就是民俗誌的資料。其內容初時是指文明民族中無知識階層者的傳襲的言語與行為。如信仰、風俗、習慣、歌謠與故事等。但現存未開發民族的文化也常與文明民族的無知識階層相類似，其性質頗難分別，所以後來漸漸擴充範圍而兼取材於未開發的民族。

　　二是指研究民俗的理論，就是民俗學。因為這個名稱，作為一種科學用語比較適宜和方便，所以後來許多國家的學者都採用

它，使它成為具有世界性的學科名稱。

　　民俗學是研究「大眾」文化的科學，建立在社會科學和人文學科的兩大基石上，其所涉及的學術領域相當廣泛；因此，探討的方式與內容也較為複雜。有的學者從人類學的觀點來研究，使用比較法，企圖理出人類習俗的共同性與相異性。有的學者從社會學的觀點來探討社會功能與社會學上的意義。有的學者從文學或藝術的觀點來研究美學上的價值。有的學者從史學觀點來探究習俗的起源與演化等等。因此，民俗學常被視為人類學的一支，社會學的一支，文學的一支或歷史學的一支。這正顯示民俗研究的多元性。

　　「民俗」這個名詞，在我國始見於1922年北大出版的《歌謠》周刊上，該刊的「發刊詞」把歌謠的搜集、研究納入民俗學的範圍。1928年，廣州中山大學創立民俗學會，刊行《民俗》周刊和民俗叢書，這個名稱就漸漸普及通用。目前，臺灣地區的民俗學者專論著作，僅見林惠祥的《民俗學》（五十七年二月商務印書館臺一版）一書。

　　總之，由於對民俗的定義與範圍眾說紛紜，是以我們知道民俗學的概念有廣狹二義。按照廣義的民俗，即傳統的民俗學的概念與範圍，民間文學是民俗學的主要內容之一。因此，過去不少民俗學家也很注意民間文學，把它作為一種民俗現象進行研究；從民間文學中可以找到民間信仰、民間慣習等民俗學的研究資料。

　　從狹義民俗（美國民俗學家所提出的Falkway）來說，民俗學只是研究民間風俗習慣而不包括民間文學。所以民間文學就不屬於民俗學的對象了。但民俗學者仍然可以利用民間文學的資料

作為研究的參考。

　　又民族學上Folklore一詞，卻指神話、傳說、故事、諺語、謎語，以及其他不以文字為媒介而以口述為傳播手段之文學。（註一）

　　而林惠祥《民俗學》的分類如下：

　　甲：信仰及其行為

　　　　一、天地

　　　　二、植物

　　　　三、動物

　　　　四、人類

　　　　五、人工物

　　　　六、靈魂及冥世

　　　　七、超人的存在物──神、小神及其他

　　　　八、預兆與占卜

　　　　九、魔術

　　　　十、疾病與醫藥

　　乙：慣習

　　　　一、社會的及政治的制度

　　　　二、個人生活上的儀式

　　　　三、職業與工藝

　　　　四、曆、齋日、節日

　　　　五、競技、運動及遊戲

　　丙：故事、歌謠及成語

　　　　一、故事

　　　　　　1神話

　　2傳說　上二者係作者紀實的

　　3民譚　此一類係為娛樂的

二、歌謠與故事歌

三、諺語與謎語

四、習慣的韻語與地方的俗語（見該書頁八～十）

　　可知林惠祥是採用廣義的概念。也由此可知民間文學與民俗學是有密切關係。從民俗學的發展歷史考察，可以發現民俗學的產生或進展，往往從民間文學方面開始。也就是說，從民間歌謠、民間故事等的搜集、研究開始。因此，我們可以說民間文學作品及民間文學理論是民族學和民俗學的重要構成部分。是以故事、歌謠及成語等民間作品，不管我們把它放在民俗學、民族學、民間文學或是文化史、社會史那一個範疇，它的本質總不變。問題只是民俗學、民族學、民間文學以及文化史、社會史之對待和處理它們，各有其立場。好在是，這其間，從來不曾有過相互排斥的事，而只有相互參證的事。

　　民俗學中「故事、歌謠及成語」等口傳文學，一般稱為民間文學或俗文學。它具有民族性、傳統性、鄉土性、群體性、口語性、和合性等性質。（註二）其分類，朱介凡分為五類：

一、講說的──神話、傳說、故事、寓言、笑話。

二、講唱之間──歌謠、諺語、謎語。

三、歌唱的──俗曲、說書、鼓詞、彈詞、寶卷。

四、閱讀的──通俗小說。

五、演唱的──地方戲曲。（見正中版《五十年來的中國俗

文學》頁十七～十八）

又張紫晨於《民間文學基本知識》裡有云：

> 整個民間文學大致上可分為三個部分，即群眾口頭創作、
> 民間說唱、民間戲曲。這中間以群眾口頭創作部分最為複
> 雜，又可分為散文韻文兩部分。散文的包括神話、傳說、
> 故事、寓言、笑話等；韻文的包括歌謠、敘事詩、諺語、
> 謎語等。而歌謠一項，從內容說，有勞動歌、生活歌、政
> 治歌、愛情歌之分，從傳播對象和應用範圍說，有兒歌、
> 童謠、儀式歌等。（見1979年7月上海文藝出版社本，頁
> 十六）

由於民間文學與民俗學關係密切，是以研究民間文學必須具
備一定的民俗志和民俗學知識。

參

　　民間故事是民間文學一個範圍廣泛的類別。它的界說亦有廣狹二義。廣義的是一般的用法，狹義的是專門的用法。

　　廣義的民間故事，是指民俗學裡的「故事」；亦即是前節所提到的「講說的」「群眾口頭創作裡的散文類」；也就是泛指民間文學中一切散文形式的作品；也有人稱之為「故事」或「傳襲的故事」。它包括神話、傳說、民譚等故事體。

　　神話是最早的口頭散文作品，它主要產生於原始社會。它是說明的故事，是要說明宇宙、生死、人類、動物、種族、男女、宗教儀式、古舊風俗以及其他神祕性的事物的原因的；內容雖很奇異，常出於事理之外，但卻為民眾所確信。

　　關於神話的研究，在外國早已發展為獨立的科學，稱為神話學；對於神話的分類亦相當複雜而仔細。不過，一般性方法是把它們分類為：開闢神話、自然神話、神怪神話、靈魂及冥界神話、動植物神話、風俗神話、歷史神話、英雄或傳奇神話等八種（註三）。

　　傳說，不是要說明什麼，而是敘述大家所共信為確實且曾經發生過的某件事。它像神話那樣，往往帶有某種程度的真實性。比方說：傳說所述事蹟，有時一部份符合真確的史蹟；有時卻完全毫無根據，然而其中的人物或場地往往是真實的。至今在未開發民族之中，常有部份人士專司保存或傳述一族中的故事，可見此種傳說故事在人類文化的發展過程中，仍佔有重要的地位。

　　傳說有一個特質，就是走向歷史化或文藝化的方向，因此有些學者認為傳說的位置，係介在歷史與文藝之間。

　　日本民俗學者柳田國男，在其監修的《日本傳說名彙》中，曾以所敘述的事物種類之不同，將傳說分為木、水、塚、岩石、山丘、祠堂等六大類，不過他也曾以內容傾向之不同，分為「說明傳說」、「歷史傳說」、「信仰傳說」三大類。（註四）

　　至於狹義的民間故事是指民譚，也就是指「故事」這一種體裁。施翠峰於《臺灣民譚探源》序裡有云：

> 傳襲的故事，略可分為神話（Myths）、傳說（Legends）與民譚（Folktales）。從民俗學觀點言之：這三者各有不同的發生背景與顯著的性格，但在我國一向把它們混為一談，統稱為「民間故事。」（見七十四年五月漢光版頁三）

　　民譚是專供消遣娛樂的故事，但也有歷史的價值，因為其中的背景可以表示他成立時的實際社會狀況。

　　我們可以說民譚（狹義的民間故事），就是大眾的集體性創作。它是以通稱的人物，廣泛的背景，在完整而又富有趣味的情節中表現人民生活和思想的口頭散文作品。所謂通稱的人物，就是說民間故事的主人公，不管是大人或小孩，在多數的情況下，都沒有確切的姓名。民譚與傳說的差異，不但在其性質不像傳說的嚴重，其形式也有不同，即（一）人物無姓名（二）無一定的時間與地方（三）有一定的構造及結局。由此可知傳襲的故事可分為二類，即當作事實的神話與傳說及專供娛樂的民譚。

民譚的種類很多，略舉數種於下。動物故事（Beast Tales）
其主人公是動物，但卻能夠說話、動作如人類。這一種故事在蠻
族中較多。蠻人對於物類的分別似乎不很明瞭，而且故事中動物
的動作也常非其肉體所可能，例如兔和象租耕一個人的田地；
燕子請公雞吃飯；野兔的妻去河邊挑水，被鱷魚抓去；烏龜在長
老會議中訴說他的不平，都很好笑。但在這種故事中，關於心理
方面的描寫卻很精確。這一個強橫，那一個狡猾，別一個又很懶
惰，都能表現出來。愚人故事（Drolls）是滑稽的故事。以愚人
的愚笨為主題，文明民族中也常有之。層積的故事（Cumulative
Tales）是由形式而論，不是由題材的。在其中的每段必重述以
前的各段，以至於「極點」，以後又依次退下。儀式的諷誦文也
常有這種形式。寓言（Apologues）是含有意識的及道德的目的
而構成的，所以頗與諺語相類。在非洲西部土人中，這種短篇故
事且可引為法律上的準則，以供裁判的參考。

　　民譚自然是多由傳襲而來，但民譚也極易於流播。世界上的
民族，不易於互相同化其習慣的，或者也會同化其民譚；可見
民譚是富於傳播性的了。民譚題目的變化及其分佈是很重要的
現象。題目的選擇不但由於環境，而且由於種族的特性。有的民
族喜歡帶說明性的，有的則傾於帶教訓性的，有的刖專愛怪異性
的。其吸收外來的民譚也必由於己族的特性及環境而定。

　　對於神話、傳說、民譚的分別，美國學者伯司康氏
（William R. Bascom）有一簡明之標準。他以當地人對該種口語
文學之信仰與否、所持的態度、該口語文學本身內容之時間及空
間背景等四項為區分類別之標準。神話之標準乃說者與聽者都認
為其內容為真實者，以神聖之態度視之者，神話所述內容之時間

背景屬於遠古，空間為另一世界，或與現實世界不同之世界。神話內容雖常具解釋性之母題，但並非每一神話皆具此種母題。傳說亦以說者聽者信以為真為辨類標準之一，但不如神話之被視為神聖；內容之時間背景為近代，空間為現實世界。內容常說及一民族之遷移，頭目家之歷史，部落之歷史，某些人對於某些事物之權利等等。在無文字之社會中，傳說即歷史。傳說常缺乏證據證明其正確性。但即使有證據否定一傳說之正確性，如說者與聽者仍信以為真，則傳說仍為傳說。此類例子在文明社會中亦甚多見，如華盛頓砍櫻桃樹。民譚的標準最為簡單，無神話與傳說之特性，其內容皆被認為虛構，內容之時空背景不受限制。它的主要功能在消遣娛樂，其種類可由內容之角色及結構再細作分類。

　　上述神話、傳說、民譚之區分標準可簡列成下表（註五）：

類　　別	信　仰	態　　度	時　　間	空　　　間
神　　話	事　實	神　聖	遠　　古	另一世界或不同世界
傳　　說		世　俗	近　　代	現實世界
故　　事	虛　構		任何時間	任何地方

　　以上三種口語文學中，民譚為數最多，也最重要。

肆

　　一般說來，民間故事的產生，比歌謠要遲；它需要具備更多的條件。它的發生和發展，要到人類社會發展的更高階段；那時人類有了更強的語言表達能力，想像力也隨著智力的發達而有了進展；除外還需要有更多的生活必須品，使人在生產之餘有一定的閒暇。歌謠的創作最原始的形式是同勞動工作結合著進行的；講述故事則必須有一定的工作間歇時間。按人類學的分期，在蒙昧時期人類就有歌謠創作了，進到野蠻時期，才開始有神話和史詩的創作。

　　在歐洲，民間文學的搜集在十八世紀到十九世紀初得到了發展，在搜集資料之後有了研究，於是在十九世紀中葉前後，湧現了各種流派，他們企圖用各種的方法，解釋民間文學中的一些現象和它的起源、發展等問題。

　　首先，十九世紀上半葉在德國形成起來的神話學派，代表者是格林兄弟。他們把故事當作「古代神話的殘餘」，企圖在每個故事裡找出神話的根據來。他們並認為歐洲的民間故事都源自印度。

　　繼之而起的是外來說，也稱移植論、流轉情節論或比較研究學派。它的代表人物是德國學者賓菲、捷克學者巴里夫加、俄國學者維塞洛夫斯基、芬蘭學者阿爾涅等人，這個學派看到世界各民族的民間創作的情節多有共同之處，於是創造了外來說，來解釋民間故事、史詩中的這種現象。他們把民間創作看成是抽象的

超時空的幻想，故事和歌謠中的一批情節，在被某地某一時候創造出來之後，它便開始向各民族流動，各民族相似的故事都是從這個情節中轉借來的；它們的不同之處，頂多不過是穿上了這個民族的服裝而已。他們的研究方法，就是把世界各民族相似的故事、歌謠搜集起來，加以比較研究，企圖從這種比較中，找尋出它們的發生地點和流轉的路線。

　　繼起的學派是自生論。這是人類學派的理論，也稱心理學派。它和神話學派、外來說不同；認為故事的產生，「不是一個中心，而是有許多中心」。人類學派認為各民族的相似的民間故事，並不是從一個地方起源的，而是起源於各民族自己的原始時代，是從本民族的原始時代遺留下來的。他們解釋各民族故事所以相似的原因，是因為各民族原始時代人民的心理狀態和風俗習慣是一致的，因此他們創作的神話、傳說也就有許多相似。因為他們解釋各民族創造神話的原因，不是從社會的經濟條件和原始人們的生產關係著眼，而是把他歸之於心理的一致，因而稱為心理說。至於各民族後世流傳的民間故事，他們認為都是從古代遺留下來的；這些經過各時代流傳的民間故事，不過多了一些近世的增飾，而故事的原質依然是舊的。

　　二十世紀初出現了歷史地理學派，亦稱為芬蘭學派。這個學派是集比較研究學派和十九世紀中葉在俄國出現的歷史學派的方法而成的。它也和移植論一樣，以為有一批抽象故事情節存在著，它到處流動，變成各民族大同小異的故事。因此，歷史地理學派的所謂研究就是比較各式各樣的同類的故事，把它們排成類式。歷史地理學派認為研究民間文學的主要任務，就是在於把民間故事的共同情節系統化，編製成各種型式，表現出各種母題的

移動、流傳，從而探索出它最早的「古型」、「原型」。

從十八世紀以來，經過十九世紀，故事的搜集多了，故事內容是五花八門的；為了研究方便，便要求有故事的分類。關於民間故事的分類，歷史上有不少人做過；由於研究的目的和角度不同，分類的方法也各不相同，其中以故事中的「人物」、「事件」、「情節」等三種分類法比較具有代表性。

以故事中的人物為主體的分類，其著眼點在研究人物的性格；以事件為主體的分類，他們的目的是要從民間故事來識別原始民族的禮儀、風俗和信仰；而以情節為主體的分類，則致力於故事情節的編制。

其中，以情節為主體的分類法，它的代表即是芬蘭學派。這種分類法即是有名的「阿爾涅─湯普森分類制」，簡稱「AT類型分類法」。這種分類法是芬蘭學者阿爾涅創始，後來由美國學者湯普加以譯述和補充。美籍華人學者丁乃通即依此法編著有《中國民間故事類型索引》一書，並於1978年於芬蘭首都刊行。
（註六）

至於臺灣民間故事的分類，雖然也有母題等類的研究，但主要仍是以內容分類為主。如蘇樺在《臺灣民間故事》第一集的分類是：

歷史上的傳說

有關地理名勝的

宗教上的傳說

一般性的民間故事

山地傳說（以上詳見五十四年十月小學雜誌社本，頁六～

七）

又施翠峰於《臺灣民譚探源》一書中，把臺灣的民譚分成下列六種類型：

道德譚

笑譚

機智導

動物譚

宿命譚

怪異譚（以上詳見七十四年五月漢光本，頁十二～十四）

伍

臺灣位居大陸的邊緣，自古被視為海外孤島。從地質學的觀點言，臺灣與琉球、呂宋兩個孤島有別。以臺灣海峽的海底情形言，所謂臺灣海床的深度多不及五十公尺。一百公尺以上深的，也只有基隆與福建之間的中央海峽與澎湖水道。至於東海岸的琉球海溝，竟有九千公尺左右的深度。此種地型特徵顯示，臺灣東海岸才是原來中國大陸的邊緣。如果將海面降低四十公尺，則由廣東向東延伸的半島，將幾乎與澎湖群島連結，如果降低一百公尺，則臺灣本島、臺灣海峽、中國大陸將連結成一片陸地。

在古生代的晚期，即在二億二千萬年前，臺灣始由海中褶曲隆起成為海島，那時華中、華南還是一片汪洋。中生代時華南、華中自海中升起，形成現時的大陸，臺灣也第一次和大陸接連。之後，在更新世冰河期間數次與華南以陸地相連；其間並有源源不斷的華南動物往臺灣遷移，包括以狩獵採集為生的舊石器時代人類。約在一萬五千年前，臺東長濱八仙洞住有舊石器晚期的人類。他們所使用的礫石器，跟日本、菲律賓等地所發現的舊石器文化不相類似；倒是繼承了亞細亞舊石器文化的傳統；這證明第四冰河期臺灣與大陸相連，大陸舊石器時代人類已遷移至臺灣活動。更新世結束，臺灣成為孤島以後，臺灣進入以磨石器、陶器為主的新石器時代；從一萬年前開始一直持續到漢人大量移民臺灣時期為止。居住於臺灣島的人種，無論是舊石器時代的長濱人或左鎮人，抑或舊石器時代的山地土著種族與平地土著種族，主

要來自大陸；大多屬於古代越族的印度尼西亞語族。臺灣的新石器時代文化可分為七文化層。其中四層文化源自華南，二層文化可能傳自中南半島，而最晚的一層才是經由菲律賓諸島北上。

是以，從地質學年代，先史時代開始，臺灣在地緣、血緣、史緣上皆曾受大陸的影響。

繼土著移來臺灣的民族，是為漢人；但漢人究竟於何時入臺，史無明文記載。雖然史學家大多以為尚書的「島夷」，漢書的「東鯤」，三國志的「夷洲」和隋書的「流求」都指臺灣，因之也就以為中國人知道臺灣，可以遠溯至公元前的年代；但是自其記載的內容，正足以證明在那時代，臺灣還是化外之地，還沒有漢人居住。

到了元代，臺灣慢慢的以更清楚的面貌，逐漸被編進為中原中國歷史舞臺上的一員。至明萬曆年間（1573～1620）對岸的漢民族對臺灣的積極介入也趨於明顯，臺灣登場史冊的頻率也加高。

到了1624年，荷蘭人開始在安平修築熱蘭遮城，並在對岸本島部的赤崁（今臺南市）修築普洛文西亞堡。並且以臺南一帶為中心，逐漸進行重商主義式的殖民地經營。而後西班牙跟進。從此臺灣的貿易和農業都有長足的進步；而臺灣也因此走入近代的國際舞臺。可是它的宗主國卻至康熙二十二年（1681年）才將臺灣正式納入版圖。清同治年間，琉球人在臺灣南部登陸，被土著殺害，造成「牡丹社事件」；清廷在答覆日本時仍稱土著為化外之民。而後漸次移民，以閩粵兩省前來者佔最大多數，因此，臺灣乃由土著文化發展至漢人的移民文化。

綜觀臺灣近代的歷史，先後歷經荷蘭人佔據的卅八年（1624

～1662年），西班牙局部佔領（以雞籠、淡水為中心的北臺灣），以及明鄭廿二年（1661～1683年），清朝治理二百餘年（1683～1895年），以及日本佔據五十年（1895～1945年）。其中，有相當長的時間處於殖民地的地位；因此，除了漢人的移民文化外，尚有殖民文化的滲入，尤以日據時期的殖民文化影響最為顯著，荷蘭次之，西班牙最少。所以，臺灣的文化在光復前是以漢人移民文化為主，殖民文化為輔的文化型態。

試以傳統的雅文學為例，說明臺灣這種特殊的文化生態。

1661年，鄭成功驅逐了盤據在臺灣的所有外國勢力，把臺灣開發為「反清復明」的據點。同時，願做清朝順民的明末遺臣也陸續來臺。其中也有些享有文名的知識分子存在。如1662年因颱風漂泊而來臺灣的明太僕寺卿沈光文。他就跟季麟光等十三人發起「東吟社」詩社，致力於舊文學的播種，培養了許多詩人。因此，沈光文是臺灣文學史上頭一個有成就的詩人。但是真正表示臺灣的傳統文學水準達到可以與大陸並駕齊驅的程度，卻是邁入十九世紀以後的事情。也就是說臺灣傳統文學到了清末，才帶有豐富的本土為主的鄉土色彩。傳統文學的播種歷經兩百多年，臺灣社會才擁有廣泛的知識份子階層；有了這個階層做背景，才有通過科舉的進士出現。

申言之，從萬曆四十年（1662年）明儒沈光文漂流到臺灣播種傳統文學以來，直到道光二十四年（1884年），懷有強烈本土意識的蔡廷蘭中進士為止，這中間已流逝了二百多年的時間。傳統文學的遲遲未能在臺灣生根，這是臺灣社會使然。臺灣本來是一個漢番雜居的社會，移民而來的漢人大多數屬於目不識丁的庶民階層；尤以農民為多。從事招墾事業不須通曉文字；而一部分

靠手工藝謀生的匠人，亦不必有書寫的能力；只有一部商人為生
計所需，必須略通文字及簡單的書寫、計算；因此，缺乏穩定的
士大夫階級的存在。至於宦遊人士，短則三年，長則數年，臺灣
只不過是暫時居留地，恨不得立刻歸回大陸。因此宦遊人士的詩
文，大多數屬於文獻性質的史料；至於個人述懷的詩文，多是傷
懷詠吟的富於異國情趣的作品。所以臺灣淪日後，大陸來訪的文
人幾乎絕迹，傳統文學由於得不到大陸的影響和刺激，逐漸由盛
而衰。

　　反之，我們若從民俗學或俗文學的角度來看，這種缺乏士大
夫階級的移民地區，由於雖有文字而不善於應用，反而能承認與
繼續保存古老的信仰、習俗與故事。且能從其中非常顯著地反映
他們所生活時代的社會型態與生活意識。他們亦即是藉著這種獨
有的社會型態與生活意識，在這海上荒島，篳路藍縷以啟山林。
尤其是在日據時代，這種獨特的臺灣人的民族意識更形顯著。
《臺灣社會運動史─文化運動》序說有云：

> 上面所說的民族意識、民族偏見及有關革命運動的特殊信
> 念問題，是在整個臺灣社會運動上，形成最顯著且重大特
> 徵的要素，要之，這些傾向歸結起來，不外是臺灣人原是
> 屬於漢民族系統，還極濃厚地保持著他們原有的語言、思
> 想、信仰，至於風俗習慣的末端不變有關。所以倘要觀察
> 臺灣社會運動，首先為具備其基礎觀念來說，對於臺灣
> 人，或推而廣之，對於整個漢民族約思想、信仰以及一般
> 社會傳統、習慣，或關於民族性，必須具有某種程度的理
> 解和研究，自毋須贅言。（見七十七年有見七十七年五月

稻鄉出版社王詩琅譯本，頁五）

　　根據五十七年陳紹馨、傅瑞德所作的一次調查，臺灣人口組成，本省籍閩南語群佔七四‧五一％；本省籍客家語群佔十三‧一九％；本省籍其他語群佔〇‧〇八％；原住民（即臺灣土著）佔二‧三七％；外省籍佔九‧八；（註七）。可知臺灣人的民族意識之根本乃繫於他們原是屬於漢民族的系統。這種漢民族的意識似乎不易擺脫，蓋其故鄉福建、廣東兩省與臺灣僅是一水之隔，且交通往來也極頻繁；這些華南地方，臺灣人的觀念，平素視之為父祖墳墓之地，思慕不已，因而有視中國為原鄉的感情。

　　總之，臺灣與大陸之間有難以割捨的血緣關係。林衡道於〈由民俗看臺灣與大陸的關係〉一文裡說：

　　臺灣的民間傳說，大部分是將大陸之民間傳說完整的移植過來，世世相傳而保持於不墮。但其中不免也有以大陸的民間傳說，特別是以福建的民間傳說，為其原型，加以本地的自然風物、歷史事象、民情風俗改編而成的亞型、變型。（見六十九年十一月中央文物供應社《中國的臺灣》，頁二四三）

又婁子匡於《臺灣俗文學叢話》裡云：

　　年來文化界人士常常著筆為文，證說臺灣和大陸的關係的不可分。我以為這是當然的事：因為從兩地底文化本質上

看，處處表現出兩者有血緣文化關係的存在；從而更可以
發現有看緊緊地結連在一起的精神紐帶，是誰也沒有力量
把它斬斷的，我們再略為注意臺灣民間的日常生活、禮儀
俗行、歲時令節、宗教信仰和團體活動，不僅是保存看大
陸上的內容和形態而並未失墜，甚或更保持看大陸上已經
見不到了的俗行。我年來多承臺灣的民俗學和民俗文藝的
學人們的協助，致力於臺灣民間文學資料的蒐集、整理、
迻譯和研究，大概臺灣底目今正在流傳著的有四百多個故
事，我已經涉獵過，而選取了精粹的一〇一個加以整理和
迻譯，並且製成了「節要的索引」。因此我可以就臺灣民
間流傳的故事的內容來說，由考證牠們底源流，看到臺灣
和大陸的關係確確實實不能分隔，更可以從此證明兩地的
血緣文化關係之深遠，和精神紐帶的緊緊地正連結著呢。
我將舉出十二個故事來做例證，並請海內外方家指正。
（見東方文化書局本，頁一～二）

又：

臺灣的俗文學有很多是淵源於大陸的，誰都不會否定這一
句話，也就是說：大陸上所有的俗文學資料，曾經有不少
是跨海流傳到臺灣的。如果再說得仔細一些，臺灣地區的
福建泉州和漳州籍人士的居住區域，會流傳著和閩南所傳
誦的同型同式或大同小異的民間故事和謠諺；廣東客家人
士的區域，也一樣會流傳著和廣東客族地區所傳誦的雷同
型式的民譚和民謠。近十年來，我實地搜集臺灣的民間故
事、神話、笑話、傳說和寓言等，約有四百則左右，把牠

們之中和福建、廣東所流傳的故事相同的──有完全相同，有部份相同，或含義相同──來作比較的探討，曾有不少篇章發表在《臺北文獻》、《臺灣文獻》、《南瀛文獻》、《臺南文化》以及中華日報、中央日報和聯合報的副刊，可是那些內容都限於同一時代──都是近三十年來──的兩地資料的比較。我當初以為沒有辦法能夠追跡到上代的資料，來做兩地底前代的故事的比較研究。近月以來，為了對一位新相識的同工蘇尚耀先生用白話文選譯蒲松齡氏的《聊齋誌異》，要我對他所撰的幾篇有關聊齋和民間故事的作品，發表意見，於是我翻閱好幾種《聊齋》版本的內容，發現了聊齋故事和臺灣所流傳的故事大略探討一下，而且可以把目下流傳的民俗文藝和明末清初時代文人手筆下的故事相互比較研究，爰先提出兩者各十篇的資料當做例子，容我慢慢地說下去。（同上，頁一〇三～一〇四）

除外，施翠峰於《思古幽情》第二冊「前言」裡說：

一般口碑文學均會隨時隨地的呈現出轉變的現象，因為在整個民俗藝術的範疇裡，大眾每繼承了一份先人遺產，均會加添些自己的血肉──地方色彩或時代思想，使其完全成為自己的藝術，這也是民俗藝術形成的特質。

臺灣的民俗文學，一方面繼承了過去大陸（尤其華南一帶）民間文學的優良傳統，一方面也配合臺灣的鄉土地理與特殊的歷史演變，具備了許多獨特的性格，在我國的文學史上可佔有精彩的一頁。

這種文學是昔日遷居來臺的全體光人共同創作的，他們把自己的生活環境與思想，赤裸裸地表露出來，讀來，既天真又純樸，也是他們思惟萬物的一種答案，同時也是大眾思想行動的無形支配者，決不是一般喜歡咬文嚼字的文士們所能創作出來的。我們可以從那裡去觀察他們的宇宙觀、宗教信仰、自然界的認識等。（見六十五年三月時報版，頁五～六）

又於《臺灣民譚探源》「緒論」裡說：

臺灣民譚的形成，主要係拓荒的明清兩代期間，而在這一段期間，居住在臺灣的人們，除了先住民族：山胞以外，幾乎都是來自大陸的移民，所以臺灣亦像大陸那樣，是個民間傳承文學非常豐富的地區。

移民的大部份為福建系（尤其泉州與漳州最多），其次為廣東客家系，所以臺灣的民譚與大陸華南一帶的民譚，是出自同一淵源的。

可是，福建省的老百姓也好，廣東省的老百姓也好，其祖宗並不是從上古時代就一直居住在華南地區，而是大多在唐宋之間，由於民族移動而由中原往南遷移而來的，所以華南漢族的語言、風俗、習慣等，濃厚地保存看古代中原地區的語言、風俗、習慣，是無可置疑的事實，因之，臺灣民譚顯著地帶有大陸色彩與性格，也是不必贅述的。

話雖如此，然而臺灣的民譚並非將福建或廣東的民譚之母型，原封不動的繼承下來的。二、三百年來的特殊歷史推

移，海島的地理環境……等客觀條件，竟使臺灣的民譚與
其母型大異其趣，甚至於有許多是純粹配合臺灣的鄉土形
成的。

若將臺灣的文化史三百多年，分為三期的話，在民俗文學
的範疇內，初期是神話與傳說發達，中期與後期則民譚較
為發達的時期。其中神話或傳說以迷信怪誕的—甚至於是
荒唐的佔多，可是，民譚卻諸多富於人性、人情味者。

（見七十四年五月漢光版，頁十一～十二）

陸

　　中國歷代典章制度，詳於各朝代的專史；而社會情況、風俗變遷，雖無專書記綠，卻有各地方誌的存在。至於民俗學的研究，或緣於民國七年二月，北京大學文科教師徵集歌謠，後來受了五四運動的影響，於九年冬組成「歌謠研究會」，並於十一年十月十七日北京大學二十五周年校慶時刊行《歌謠周刊》。由於北京大學「歌謠研究會」的成立，歌謠等民俗的收集與研究變成全國性的運動。而後七七事變起，全國學術界均受致命的打擊，民俗學運動亦不例外。

　　臺灣在日據時代，源於日本在統治上的需要，所以臺灣的民俗工作反而在中國大陸之前。

　　簡言之，在臺灣由學術上的立場，有意識的從事民俗方面的資料收集、調查、記錄、整理、研究等，是在日據末期才大見發展。當然，僅就記述而言，遠在明萬曆三十一年（1603年）陳第的《東番記》，早已顯其端倪。清時，各府縣廳都循大陸各地方誌的慣例，都有專欄的記事。至於黃叔璥的《番俗六考》（即《臺海使槎錄》的後四卷），更是專門記載所謂「番俗」的專書了。

　　臺灣的民俗研究，始於西元1900年夏季（即明治三十三年，民前十二年）「臺灣慣習研究會」的成立，該會由臺灣總督府暨法院官員所組成，共設委員二十三人，以兒玉總督為會長，後藤新平民政長官為副會長，尹能嘉矩為總幹事，刊行《臺灣慣習記

事》的雜誌。自明治三十四年（1901年）起至明治四十年（1907年）為止，共刊行七卷（七年）。

隔年（1901年）十月二十五日成立。「臨時臺灣舊慣調查會」，並以勒令第一百九十六號公佈其規則。內容分為二部：第一部是調查有關法制的舊慣；第二部是調查有關農工商經濟的舊慣。

明治四十二年（1909年）四月，又以勒令第一〇五號改正該會規則，新置第三部。其主要事務，是根據舊慣調查所得的結果、起草及審議臺灣總督府指定的法案。可知第一部、第二部是消極方面的「調查」；而第三部是積極方面的「審議」。

該調查會係直屬於臺灣總督，以民政長官後藤新平為會長，聘請專家學者為委員。第一部會長是日本京都大學法學教授岡松參太郎，第二部會長起初由愛久澤直哉擔任，後來改由委員宮尾舜治統裁調查事務，最後由總督府參事任委員，推行工作。第二部會長由第一部會長兼任。

綜觀「舊慣調查會」，自明治三十四年（1901年）起至大正四年（1915年）度止，共耗費九十一萬餘日圓，如果以民國四年的物價指數來計算，這九十一萬餘日圓之數字，恐怕大得要叫人驚倒。可知當時的臺灣總督府多麼重視臺灣風俗習慣之研究。而臺灣的民俗工作也因此展開。

臺灣總督府後來又於大正十一年（1922年）五月十四日，設置「史料編纂委員會」，昭和四年（1928年）四月二十六日設立「史料編纂會」。

以上所述，皆屬日據時期官方的臺灣研究機構。至於非官方的學者之收集與研究，幾乎不勝枚舉。其間要以片岡巖《臺灣風

俗誌》、伊能嘉矩的《臺灣文化誌》最為有名。《臺灣風俗誌》
於大正十年（192年）二月出版；《臺灣文化誌》於昭和三年
（1928年）九月刊行。《臺灣風俗誌》一書，其中第六、第七集
是臺灣民間故事。目前有陳金田譯本，於七十年六月由大立出版
社印行。

　　到了日據末期，日本金關木夫、國分直一、池田敏雄、陳紹
馨、黃得時等人，於1941年（昭和十六年）七月創辦《民俗臺
灣》月刊。在日趨激烈的戰局下，民俗工作才以獨立學術的姿態
出現，引起學術界的重視。

　　《民俗臺灣》於昭和二十年（1945年），也就是日本投降那
年的正月，由於紙張缺乏始告停刊，前後共計發行四十三期。

　　一般說來，臺灣民俗的研究興盛於戰前；衰微於戰後，日據
年間為全盛時期，而其間又以日文著作為主。其研究成果可參
見六十九年六月國立中央圖書館臺灣分館編印《日文臺灣資料
目錄》一書。其間臺籍人士致力於故事者，有劉克明、黃鳳姿、
廖漢臣等人。劉克明於十九年十一月出版《臺灣今談》一書，是
早期收錄的民間傳說集。後來有曾揚聲翻譯，並刊登於《臺北文
獻》直字六十九期（七十三年九月，頁一七五～一九八）、七十
期（七十三年十二月，頁二三一～二四八）、七十一期（七十四
年三月，頁一四五～一七八）。黃鳳姿撰有《七爺八爺》、《七
娘媽生》等書，後來嫁池田敏雄為妻。至於廖漢臣，在戰前似無
專著。

　　至於用中文致力於民間文學者，其現象當如李獻璋於《臺灣
民間文學集》自序裡說：

　　　在咱臺灣整理民間文學的歷史，可謂始自昭和六年新民報

的歌謠徵集，後來也只有我的《臺灣謎語纂錄》和《第一線》的故事特輯而已。但，士君子雖是始終不肯正式承認他的存在，因擺脫不得其藝術底魔力的引誘，而裝以遊戲的或嗜異家的態度去蒐集發表的，卻是早就散見於雜誌或報紙上。

大正七年府編修課平澤丁東氏，因愛這南方的異國情調，採集閩歌童謠共二百條，編成《臺灣之歌謠》是為斯道專冊的嚆矢。他的記錄錯誤固然是很多，但總算得是件難能可貴的工作。到十五年，淑子以一些俚諺童謠謎語，集為《教化三味集》而出版。其取捨的標準乃為「文以載道」，故他若視為不道德的情歌概不采錄。

似此本地學者還不認識這寶藏的真價值時，臺灣風俗誌的數十首情歌，給鍾敬文抄去陸續發表於中國的雜誌上，倒引起了彼地學者的注目與關心。所以十一年春，廈門謝雲聲氏竟把泉州綺文堂刻的「臺灣採茶歌」，僅將內容的次序稍行移動，題為《臺灣情歌集》，作廣大的民俗學會叢書刊行了。（見五十九年五月文光出版社影印本）

《臺灣情歌》是臺灣民間文學第一本的中文著作。而李獻璋編印的《臺灣民間文學集》（民國二十五年大月臺灣文獻協會印行），不但是這時期這方面唯一以中文撰寫的編著；也是這方面的集大成。

《臺灣民間文學集》收有故事二十三篇。故事原屬二十三年一月六日《第一線》雜誌第二期裡的專輯。該期篇幅達一百六十二頁，主題是臺灣民間文學的特輯。卷頭有黃得時先生

執筆的《民間文學的認識》。並收錄臺灣民間故事十五篇。王詩琅於〈日據時期臺灣新文學〉一文裡說：

> 臺灣島內，這時候文藝空氣也很濃厚，是年十月，居住臺北的作家組織臺灣文藝協會，並於民國二十二年（日昭和八年）七月發行《先發部隊》創刊號，這一期的文章全部是中文，並有「臺灣新文學出路的探究特輯」，顯示著年輕的臺灣新文學已意識地在尋求他們的發展途徑。翌年一月該誌因受日當局的干涉，改題為《第一線》，卷頭言是〈民間文學的認識〉，並收錄臺灣民間故事十五篇，表示他們對民族文化遺產的關心。這一期由於日當局的干涉，刊有少數的日文作品。關於民間文學，後來該會出版李獻璋編《臺灣民間文學集》（民國二十五年六月發行）。該會主要人物有郭秋生、陳君玉、廖毓文、吳逸生、蔡德音、青萍、王錦江、林克夫等人。（見六十八年十一月德馨室版《臺灣文學重教的問題》，頁十五。）

故事特輯刊行以後，卻引發了一場筆戰，也因此促使李氏編輯成書的決心。他在自序裡說：

> 拙輯《謎語纂錄》，於九年夏在新民報發表時，曾受鄉土話文提倡者們非常的推舉，可是協會的《第一線》故事特輯刊行後，卻俄然引起不少反對者的漫罵。不料這些漫罵倒使我增了百倍元氣，終成促進我這集子得以完成的原動力。中間因過急于搜羅材料，奔東走西，積勞成疾，倒床

就倒了好幾次，所以如邱妄舍的一部，媽祖廢親，陳大
戇，都是朱王二兄替我執筆的，而民歌與童謠則除自己親
自去採取外，還在從前所舉的雜誌與報紙的盡量選取，加
以相當的考訂與斟酌而採錄。這層我願在這裡謝謝他們的
努力。

最近因新文學運動進入本格的境地，跟著，民間的歌謠與
傳說也像漸被注意了。大家已覺高談荷馬的史詩，希臘的
頌歌等等，不如低下頭來檢討一下採茶歌，研究一下〈鴨
母王〉的故事。放下自己應做而且易做的任務不做，徒要
學人家的口吻演講時麾的外國名詞，除為攝取參考與比較
研究的目的而外，畢竟是件最可恥的事情。（見五十九年
五月文光出版社影印本）

故事便由十五篇增為二十三篇。

臺灣光復後，首由《臺灣文化》月刊（三十五年九月十五日
創刊）與公論報《臺灣民俗》（三十年五月十四日設版）在民俗
工作方面啟其先，而日籍民俗工作者返日之後，全部工作均由本
省學者接替。還有來自大陸的婁子匡、朱介凡、阮昌銳等新力軍
參加工作。

光復以來的民俗工作，無論是調查或研究，大皆以個人為
主，少有集體性的調查研究。長期而又深入的調查工作更是缺
少。除學術機構（中研院史語所、民族所）偶有專業性研究之
外，要以省市文獻會、中國民俗學會為重鎮。而省市文獻會的設
立動機，或由於二二八事件後，文化人沒有出路，政府又怕他們
心存反抗，所以成立了這些機關，以閒職安插這些文化人。

　　至於民間民俗刊物，以《民俗曲藝》、《臺灣風俗》最著
名。《民俗曲藝》於六十九年十一月創刊；《臺灣風物》於四十
年十二月一日創刊，目前皆仍在發行中。

　　近年來，由於立足本土的共識，於是臺灣民俗的研究蔚為風
氣。

　　回顧光復以來的臺灣民俗研究，或許我們可以引錄一、兩位
工作者的話做為見證。阮昌銳〈臺灣民俗研究的過去與未來〉的
一文裡說：

　　　　臺灣光復以來，在民俗研究上，質和量都有顯著的成就，
　　　　但在內容上，對物質文化如民間的飲食文化、衣飾文化、
　　　　居住文化以及各種民間工藝，例如剪紙藝術、木雕、刺
　　　　繡、編織等資料之收集與研究似嫌不足，少有民族誌的研
　　　　究報告，同時所收集的資料顯得零散，少有民俗學理論的
　　　　研究，也少有從現代民俗學理論來從事民俗研究，這些現
　　　　象正反映出，我們的民俗研究尚在收集資抖的階段，也可
　　　　說尚在成長的階段。（見七十四年《臺灣文獻》三十六卷
　　　　三、四期合刊，頁二十九。）

又陳金次序劉還月《臺灣民俗誌》云：

　　　　戰後四十年，臺灣文化的研究付之闕如，此間除吳瀛濤先
　　　　生的《臺灣民俗》及《臺灣諺語》外，實難找出堪與戰前
　　　　相提並論的著作。（見七十五年元月洛城出版社本，頁
　　　　四）

柒

　　光復以來的臺灣民俗研究，雖然早期曾有陳紹馨、杜而未、胡耐安等教授開設「民俗學」的課程，並有洪秀柱的《臺灣民俗》，以及朱明若的《口語文學》（註八），但就民俗通論言，僅見林惠祥《民俗學》（五十七年二月臺灣商務印書館）；就民間文學概述言，亦僅見婁子匡、朱介凡《五十年來的中國俗文學》（五十二年八月正中書局）一書。即可知其研究工作，仍以物質文化等資料為主。

　　至於可講述的民間故事，在臺灣並非民俗研究的主流，有關其採錄方法之論述，僅見唐美君〈民族學田野工作之翻譯與口語文學之採集〉（見《考古人類學刊》第廿五、廿六期合刊，頁六十一～七十）、錢琪〈訪朱明若老師漫談口傳文學及進修方法〉（見《人類與文化》第二期，頁四十～四十一）兩文，至於成書論著，目前僅見：

　　《臺灣土著社會始祖傳說》　陳國鈞著　幼獅書店　五十三。後來收入東方文化書局民俗叢書民篇第七種。

　　《神話論》　林惠祥著　臺灣商務印書館　五十七、七

　　《臺灣俗文學叢話》　婁子匡著　東方文化書局　六十　列為民俗叢書第五十二種。

　　《思古幽情集》　施翠峰著　時報文化公司　六十四、七

　　《思古幽情集》（第二冊）　施翠峰著　時報文化公

司 六十五、三

《臺灣民間文學研究》 施翠峰著 自印本 七十一、八
七十四年五月由漢光文化公司重新印行，且易名《臺灣民
譚探源》。

其中陳國鈞、林惠祥是專業學者，而婁子匡、施翠峰則屬俗
文學（臺灣民間故事）兼任從業者，也是在臺灣民間故事研究上
成果較為顯著者。

婁子匡在大陸時主編《孟姜女月刊》。當時，與北京大學的
《歌謠周刊》、中山大學的《民俗周刊》（後改季刊），是我國
民俗學運動的三大據點。來臺後，設立東方文化書局，成立中國
民俗學會，並刊行東方文叢，翻印大陸時期的民俗專書，其間並
致力於臺灣民間故事的收集與研究，且將臺灣民間故事英譯介紹
於國外。在《五十年來的中國俗文學》一書裡說：

三年以來，第一個進程中是做完了「臺灣民間故事」的蒐
集、整理和翻譯。這一本書內容臺灣全省各地流傳的有代
表性的故事。記錄的同工是林衡道、朱鋒、江肖梅、李世
傑、陳奇祿、呂訴上、吳守澧、王詩琅、廖毓文、洪桂
己、涂麗生、蔡苑清、施翠施、陳阿開、周維傑等，插圖
的繪製和攝影是楊英風、周揮彥、陳楚湘等諸同工，更由
夏濟安、朱乃長兩同工校正了英譯稿。它底內容分類不依
照神話、傳說、笑話等等舊分類方法，而是按照比較新型
的桑潑生法分列如下：
一、天　部　共十篇 二、地　部　共二篇

三、神　部　共四篇　四、仙　部　共五篇

五、部落部　共二篇　六、植物部　共二篇

七、習慣部　共三篇　八、動物部　共七篇

九、化身部　共六篇　十、奇異部　共十一篇

十一、智者部　共七篇　　十二、愚者部　共十一篇

十三、欺騙部　共七篇　　十四、命運部　共八篇

十五、英豪部　共三篇　　十六、賞罰部　共十一篇

十七、戀愛部　共二篇

以上共計臺灣流傳的活的具代表性的民間故事一〇一篇，為了便於國際學者們的研究，後面還附錄三個索引（Motif index, Subject index and Source index）和參考書目。其中一個「主要內容索引」就是按照目今國際公認的桑潑生氏法所編成的，就佔了相當的篇幅，也就是所化的時間比較多。

當這本英譯的《臺灣民間故事》原稿寄到六位主持人之一的安徒生教授的時候，他看了以後立刻回信鼓勵說：「是一部精製的書」，預定今年出版問世。

這是有關中國民間故事集，經由國人之手公開於國際學術界的第一部。（見五十二月八月正中版）

　　這本一〇一篇英譯的《臺灣民間故事》，似乎沒有發行中文本。婁子匡編纂有《臺灣民間故事》一書，並由齊鐵恨註譯，該書列為中國民俗學曾民俗叢書第十一種。全書分三輯，編纂時間或為四十一年前後，第三輯「編後語」云：

《東方文叢》第一輯《臺灣民間故事》今天問世了。

我此次出國參加國際東方學術會議，在會場上，各國的許多民俗學者，要我送他（她）們一個見面的禮物，指定是臺灣底民俗資料。因為他們雖然早就有了不少中國大陸上各地的文獻，但是臺灣底，出之於中國學人之手的，他們卻沒有；我一口答應他（她）們的要求，並且說回到臺灣，馬上編印出來，寄贈給他們。這是我編印本書的動機之一。不過，我應得聲明的臺灣底民談，多數和閩粵兩省流傳的故事大同小異，原因是這裡佔很多數的人口，是從閩粵遷來，故事也就傳播了下來。

回國以後，見到臺灣大學陳紹馨教授，說起蒐集資料，談到臺灣的民間文藝作家李獻璋先生最早編的《臺灣民間文藝》這一本書，他認為可以把它翻印一次，我很贊成，因此決定先選印四篇，因為文章的體裁不同，所以專列「民間文藝」篇。照例應該先徵編者李先生，作者黃得時、朱鋒、王詩琅等幾位先生同意的。但是為了提早刊行送人，同時覺得把他們幾位的文章向國際學者去貢獻，我想一定會同意吧。

至於這本書的內容全部是今日臺灣流行最普遍的民間故事，還有其他的臺灣民俗資料，我正在陸續編印中。希望民俗學同工多多指教和多多供給資料！

謝謝臺灣畫家藍蔭鼎，楊英風兩先生替本書設計裝幀。再謝謝為本書寫稿的民俗學同工們！

一般說來，婁子匡致力於民俗工作，而他所出的各種民俗叢

書，卻是有失簡陋與不負責。

至於施翠峰亦非專致於臺灣民間故事者，他於《思古幽情集》「前言」有云：

> 民國五十五年，筆者曾經基於對臺灣古老文化之熱衷，對
> 臺灣民俗、藝術、民間故事等之偏愛，出版了一本這一方
> 面的著作《風土與生活》。至今轉眼之間，已經過了八年
> 有餘之歲月，這一段時間，我忙於臺灣民間藝術品之收蒐
> 與土著民族之原始藝術與信仰的調查，少有空暇再寫這一
> 類文章。（見六十四年七月時報版，頁二）

施翠峰雖非專致，其成就卻是有目共睹的。

我們知道，口語的民間故事要以採集為先，而採集首重記
錄，又記錄要能忠實於講述人的講述，而後方能整理。整理就是
把原材料加以疏整和順理，使它眉目清楚、條理井然。有時也有
去蕪取菁，去偽存真的意思，而後方能供研究之用，且採集要以
全面性為重要。綜觀日前所見之書，雖然有人強調其採集之可信
性，如施翠峰於《思古幽情集》「前言」說：

> 當然，在採集時往往遭遇到同一故事因地而異（不過也是
> 大同小異）的現象，但筆者儘可能地採用未加潤飾者，以
> 其保存原始韻味，不過在文末，筆者要附帶一提的是：撰
> 寫拙集的用意，並非神話或傳說的輯錄，最主要的係看重
> 其內容意義的分析或考證，因為自日據時代以來，中外
> （日）學者採集的民間故事，數量已經非常可觀，這一類

書籍之出版，在市場也有可資閱讀者，不過，嚴格地分門
別類，然後專輯神話與傳說的卻罕見，尤其對其內容含義
加予分析或考證的專著，尚無所聞見。希望我的嘗試不至
於完全令讀者失望。（見六十五年三月時報文化公司版，
頁六）

又於《臺灣民譚探源》序裡說：

民間故事中，除了神話與傳說外，民譚（亦可稱為民話）
也是具有相當份量的文化財產。民國六十三年間，在日本
專門印行民俗學方面著作聞名的三彌井書店（東京都港
區、慶應大學附近）曾來函邀我撰寫臺灣民譚故事集，我
曾花費將近兩年時光採集八十五個故事，加以解說而完成
《臺灣の昔話》，被編入《世界民間文藝叢書》之中（第
五卷，一九七七年元月出版）。素不相識的日本民俗學家
澤田瑞穗氏曾撰文對於筆者非常客觀的採集及選擇的態度
（註明說者姓名、年齡、場所、時日及其他解說），評為
「一件良心工作」、「最佳的範例」、「臺灣昔話之新收
穫」……等，使筆者者感到榮幸與欣慰，這是對於「冷」
門工作者最大的鼓勵。
當《臺灣の昔話》完成不久，民國六十五年六月筆者應邀
赴韓國，參加江陵市關東大學舉辦《東北亞民俗文學國際
會議》，曾以《臺灣民間文學的內容及其推移》為專題發
表演講，頗引起與會各國學者對臺灣民譚的注意，亦使我
增加對這一方面研究的信心，歸國後我即開始計劃以拙著

《臺灣の昔話》為藍本，對其由來、時代背景、藝術價值
等分別加以考證、比較、分析、闡明。相信這在臺灣是一
種新的嘗試，因為採集了民譚就叫做「研究」的時代，
早已過去了，我們應該迎頭趕上。（見七十四年五月漢光
版，頁四～五）

可惜施氏的《臺灣の昔話》並未在臺灣正式出版過。又陳國
鈞於《臺灣土著始祖傳說》前言說：

關於臺灣土著社會的始祖傳說，在過去的日本學者中，曾
經搜集不少有關這一方面的資料，並且著有專書數種，其
中主要的有小川尚義、淺井惠倫合著《原語にそる臺灣高
砂族傳說集》（一九三五年），佐山融吉、大西吉壽合編
《生番傳說集》（一九二三年）。但他們祇不過是一些零
星資料的收集和記錄而已。後來又有中外學人繼續從事
者，主要的有美國Edwand Norbeck（一九五〇年），中國
李卉（一九五五年）許世珍（一九五九年）等；但他們的
工作，也祇是根據日人的記錄加以整理和分析，那是不夠
的。總之，直到現在為止，我們似乎還未見過有系統的深
入Intensive研究。然而這一種研究工作，不單是廣泛的搜
集和記錄，還應多作有系統而深入的研究，實屬有其必
要。
本文的內容，除擬引徵中外學人舊有的資料之外，再加筆
者自己採集得來的新資料，分別加以綜合的整理以後，再
作進一步的研究。首先依據族別把所有彙集的資料，逐一

加以選錄出來，其次按照各種傳說再作初步的分析，一面
解說其數量、內容、類型、分佈及演變情形，更進而闡述
其與圖騰文化的關係，及與其他地區民族的關係，以期有
助於對臺灣土著社會起源的瞭解。（見東方文化書局版，
頁四～五）

又周青樺於《臺灣客家俗文學》導言云：

收錄在這本集子裡的二十個故事，前面十七個都是湖口盧
慶興先生為我講述的，他是我的「前輩」，我們五位聯襟
之中，他排行老大。每次相聚時，我總是央求他講一些屬
於我們家鄉的故事，只要他興緻好──尤其是一杯在手的時
候，他就能夠出口成章，往往說個沒完。就這樣斷斷續續
的收集起來，去蕪存菁的挑出這一些。

他今年已經五十多歲，快六十了。日文能說能寫，漢文也
不弱。在老一輩的鄉紳之中，他是數一數二能詩能文的大
腳色。此外，他還能用毛筆寫得一手很挺的反筆字──像從
鏡子裡照出來的那樣，那種反方向的字，別有一番趣味。
三十年來，在山裡專心經營他自己的茶園、菓園和田園，
與世隔絕，儼然隱士風貌！每次聽他講故事，總有像聽
「白頭宮女說故事」的感覺。

最近一次，在我們二聯襟令之女文定之喜的酒宴上，同席
的還有他的女婿林培旺君，新竹關東橋人，臺大森林系畢
業，現任職於林務局楊梅牧場。剛從澳洲考察畜牧事業歸
來不久，那天我替他的泰山大人錄音，引起他的興緻，錦
上添花，也講了一個「世界人種的來歷」，故事雖短，趣

味卻很濃。

〈孔明出世〉和〈關公出世〉兩篇，是我服預官役期間，一位原籍竹東的彭富淼士官所述，記得他好像也曾說過「劉備出世」或「張飛出世」？可惜原稿遺失，也已不復記憶！據說：他還有許多三個人物的故事，都來不及講述就匆匆分別。（見東方文化書局本，頁五～六）

但綜觀其書，可信度實在有待查證。又就七十二年六月中國民族學會、漢學研究資料編印《光復以來臺灣地區出版人類學論著目錄》（黃應貴主編）裡所見臺灣民間故事之採集與論述單篇文章如下：

《臺灣山胞傳說之研究》　林衡道　見四十一年《文獻專刊》三卷一期，頁二四～二七。

《臺灣矮人的故事》　陳正希　見四十一年《臺灣風物》三卷一期，頁二十九～三十；二卷二期二十五～二十八。

《臺灣先住民經濟傳說集》　許君玫《臺灣銀行季刊》八卷四期，頁一九八～二二三。

《臺灣及東南亞的同胞配偶型洪水傳說》　李卉　見四十四年《中國民族學報》第一期，頁一七一～二○六。

《臺灣省高山族的始祖創生傳說》　許世珍　見四十五年《中央研究院民族學術研究所集刊》第二期，頁一六三～一九一。

《臺灣的傳說》　榮峯　見四十七年《臺北文物》七卷三期，頁一○三～一一一北部平埔族的傳說　王一剛　見

四十七年《臺北文獻》六卷三期，頁六十三～六十五。

《阿美族神話研究》　杜而未　見四十七年《大陸雜誌》
十六卷十二期，頁十四～二十。

《臺灣土著傳說與大陸》　孫家驥　見四十八年《臺灣風
物》九卷一期，頁一～十二。

《雅美族紅頭社傳說一則》　許世珍　見四十九年《中央
研究院學術研究所集刊》第九期，頁二八五～二九八。

《臺灣鄒族的幾個神話》　杜而未　見四十九年《大陸雜
誌》二十卷十期，頁四～七。媽祖傳說的原始型態　李獻
璋　見四十九年《臺灣風物》十卷十期，十二期合刊，頁
七～二十二。

《臺灣的石神》　林衡道　見四十九年《臺灣風物》十卷
四期，頁二十四。

《馬太安阿美族的故事》　王崧興　見五十一年《中央研
究院民族學研究所集刊》十四期，頁九五～一二七。

《南澳泰雅族的神話傳說》　李亦園　見五十二年《中央
研究院民族學研究所集刊》十五期，頁九七～一三五。

《向天湖賽夏族的故事》　陳春欽　見五十五年《中央研
究所民族學研究所集刊》二十一期，頁一五七～一九五。

《鄒族神話之研究》　費羅禮　見五十五年《中央研究院
民族學研究所集刊》二十二期，頁一六九～一八二。

《泰雅族的風俗與傳說》　楊宗元　見五十八年《臺北文
獻》八期，頁四十～四八。三個噶瑪蘭族的故事　阮昌
銳　見五十九年《臺灣風物》二十卷一期，頁三十八～
四十一。

《從布農族神話看親屬結構》　丘其謙　見六十四年《民
族社會學報》十三期，頁九～二九。

《雅美族漁人社的始祖傳說》　劉斌雄　見六十九年
《中央研究院民族學研究所集刊》五十期，頁一一一～
一六九。

《臺灣山地神話研究》　馬莉　七十一年中國文化大學民
族與華僑研究所碩士論文。

以上所述要以學院專業性學者為主。其間皆以點和原住民為
多，且其採集方式，有時並不全然可信。唐美君於〈民族學田野
工作之翻譯與口語文學之採集〉一文裡，認為口語文學採集應注
意下列十點：

1 來源　指時、地、人之紀錄。

2 分類　以當地人之觀念，是否能區分神話、故事。

3 充分搜集材料。

4 場合　注意各類口語文學之使用場合。

5 聽眾　觀察各類口語文學之聽眾。

6 避免說者自我檢查。

7 勿重編內容。

8 勿重寫。

9 報告人。

10 採集於自然場合。（以上詳見六十三年元月食貨出
　　版社李亦園編《文化人類學選讀》，頁一八三～
　　一八四）

　　是以可知臺灣民間故事之採集，實在有待加強，其間勉可說是採錄成書有二：

　　《雅美文化故事》（蘭嶼雅美族的傳說）　鍾鳳娣主編
　　蘭嶼國民中學社會教育工作站出版　七十五、七。
　　《臺東卑南族口傳文學選》　金榮華整理　中國文化大學
　　中文研究所七十八、九。

　　申言之，民間故事的採集，並非單純的搜集、記錄。重要的是整理，而整理是件嚴肅的工作，它要求照民間文學本身的特點和面貌慎重地進行整理。張紫晨在《民間文學基本知識》一書裡，認為整理民間故事要點有：

　　1 要仔細分析和研究記錄稿。
　　2 單項整理，以一份記錄作藍本進行整理。
　　3 綜合整理。
　　4 在情節或主題上做較大變動的整理。
　　5 整理中，要緊緊把握民間傳說故事的體裁特點。
　　6 整理時，還要充分注意到民間故事結構上的特點。
　　7 不要輕易合併人物。
　　8 要注意原記錄是現實性強的還是幻想性強的。
　　9 同一作品，主題和情節差別很大，風格也不相同的異文，可以各自獨立，單獨整理。（以上詳見一九七九年六月上海文藝出版社本，頁一二九～二二三。）

　　我們可以說，整理民間故事，使它從口語轉到書面語，總得多少有些加工的。但這個加工，範圍很窄，它只是一種編輯式的加工，而不是創作和改編的加工。反觀光復以來的臺灣民間故事從業者，雖有王詩琅、廖毓文、吳瀛濤、李獻璋、洪桂己、涂麗生、蘇樺、施翠峰、婁子匡等人，卻無如朱介凡之專致於諺語者，要皆以業餘兼職為多，似乎不能算是整理者，或許可稱為改編者，甚至可稱為再創作。張紫晨並對整理、改編和再創作三者區別如下：

　　　在這裡，對整理改編和再創作的區別，三種不同工作的不同性質，我們再著重地講一點意見。首先，要明確，整理、改編和再創作雖然都和民間文學有關，但卻是三種性質不同的工作。整理的任務是把勞動人民的作品照它的本來面目力求完美地交給讀者。它只能是根據民間原有的東西進行歸整和疏理。不能杜撰情節，塑造人物，加進個人的創作。它在去偽存真，去粗取精的過程中，雖然也有某些加工，甚至增刪，但都離不開原材料。整理者是沒有權力去改動作品的主題、人物和基本情節，更不能變更它的體裁和形式，它的改動是有根據的。改編就不同。它不受這個限制，它可以自由運用民間的原材科，按照自己的意志去改去編，它可以不受原材料的限制，作較大的發揮和發展。在改編中，可以改變語言情節，也可以改變主題，小故事可以改編成大作品，不同故事或材料也可揉編在一起。至於再創作，就更加自由，它可以運用民間文學的題材和情節去進行全新的藝術創作，可以把童話寫成童話

詩、傳奇故事與電影劇本。它在主題、情節和人物方面都投進了作家巨大的勞力。它雖然運用了民間文學的題材，但卻創作出完全具有個人風格的藝術品。在這三者中間，問題還不只在於加工的程度，而在於完全不同的目的及作法。

其次，民間文學作品，經過整理，哪怕是加工較大的整理，它依然是屬於民間，屬於勞動人民的作品，因為這種加工，不僅是以各種異文和底本做為根據，而且是在保持原貌的前提下非常慎重地進行的。改編與再創作則不然。它不是要再現原來的面貌，而是把民間文學原作當做一種改編和創作中的材料。根本不存在慎重不慎重的問題。因為它要拿出來的是個人的創作。至於改編或創作之後，仍然比較忠實於原作，只是在於自己的處理，而不是任務的要求。它是取材於民間文學創作的源泉，在這基礎上發揮自身的創作才能。這種改編和再創作，有時比民間原作更高，更有貢獻，甚至使它更加不朽，但是它已經屬於作家文學的範圍。我們這樣區分，並不是在於排斥改編和再創作。我們搜集民間文學的目的，除研究整理和推廣之外，還有一個重要目的，也正是推動藝術創作，使我們的作家更多地吸取和借鑒這個源泉。因此，任何利用民間文學的材料進行改編和再創作都是非常需要的。值得歡迎的。但是以民間文學工作來說，我們又不能不把它們區別開來。整理就是整理，改編就是改編，再創作就是再創作。把它們混同起來不加區別是有害的。改編的東西，硬說成是整理，或者以整理的面貌出現，就會搞亂人們對民間文學作

品的認識，也會助長亂改的風氣。因此，我們希望民間文學的整理者，對此有一個明確的概念和嚴肅的態度。民間文學工作者除了整理外，對民間文學作品也可以改編和再創作。但要說明情況，不要籠統言之，更不要以假亂真。（見《民間文學基本知識》一書，頁二二三～二二五）。

　　總之，且前所見臺灣民間故事，可說採錄整理者少，要皆以改寫者多，且其改寫來源也不以採錄整理為主，或以文獻記錄為據，在此臺灣民間故事尚未全面採集之前，而社會結構亦已發生空前的變化的此時，或許整理臺灣民間故事乃是刻不容緩之事。而整理之途，為今之計，自當以全面採錄目前仍在流傳的故事為首要之途。去年中國民俗學會重新改組，臺灣民間文學學會亦成立，且中國民俗學會於今年二月廿五日召開座談會，討論收集臺灣口頭文學的可能性。盼望能早日進行全面性的採集。

　　談到光復以來對臺灣史資料的收集與出版貢獻，當首推臺灣銀行經濟研究室的《臺灣文獻叢書》，它是研究臺灣史最重要的一套書。主持人周憲文認為要瞭解臺灣經濟現況，必須先瞭解其歷史背景。因此，由研究臺灣經濟現況而研究經濟史；由研究臺灣經濟史而彙輯臺灣史料，終於出現了《臺灣文獻叢刊》。

　　民國四十五年至六十二年間，臺灣銀行經濟室集合了各界研究臺灣史的精英（周幅員、方豪、石暘睢、賴永祥、楊雲萍、曹永和等），從臺灣公私藏書機構以及世界各地收集了六百多種手稿、古本等已刊、未刊的史料，加以整理、選擇、標點、重排，出版了三百零九種，五百九十五冊的皇皇鉅製──《臺灣文獻叢刊》。其後，大通書局將《臺灣文獻叢刊》三○九種及提要一

種，分類彙編，並分編為九輯，重印為二十五開本，精裝一九〇冊。

其次，有成文出版社的《臺灣方志》叢書第一、二兩期。第一期刊印了清代方志六十三種，光復以來的方志二十一種，省、市、縣各文獻會的刊物十七種，合計一〇二種四四四冊。都以原刊本影印的方式出版。主編人高志彬寫有《臺灣方志解題》二書。第二期二四三種六六六冊，收集了日據時代的方志以及地方介紹概況等書。

又臺原出版社的《協和臺灣叢刊》，臺原出版社於七十八年元月開始出版臺灣叢刊。其目的是專業臺灣風土叢刊的出版，並使臺灣傳統民俗文化能立足世界舞臺。目前已出十六種。

捌

　　文獻披閱當以群體合作為最有效捷徑，個人在有限披閱過程中，即注意有關民國以來中文版臺灣民間故事的收集。至今，雖收集多年，但有許多書已經無處覓尋，只能存目並註明其出處。

　　本書目以彙集光復以來，有關臺灣民間故事，且編輯成書者為主，書目計分三類：

　　一、論述類　其中屬論述者不多，可見臺灣的民間故事仍未走上研究的時代。所收錄的書要以說明性質者為多。或有助於改寫，或與故事有關者。所謂故事，不離人、時、地、事、物等因素，因此與民間故事有關的人、時、地、事、物之敘述與解說，皆在收錄之列，如名人事蹟、民俗器物等。如王詩琅〈閒談懶雲〉一文有云：

　　　懶雲執壺以來，對窮人相當的照顧。例如他在每年年底，便將病患者所欠的舊帳焚毀。有一次，一個窮人給他看病後，送了一隻自家所飼養的雞給他，他連連揮手婉拒，說：你賣了錢自己用好啦。類似這種事情不少。懶雲先生在世時，素得民眾尊重，喊他「和仔先」。死後，據說他的八卦山上的墳墓常不生雜草，原來當地的人傳說懶雲死後猶顯靈澤及人民，若罹病者上墳採墳上之草煎煮飲下即可病癒。甚至還傳說，天帝命懶雲到高雄做了城隍爺。雖然或許是迷信，但也可見當地人對他推崇有加的一斑了。

（見七十五年弘文館本《陋巷清士》，頁一六六。）

是凡此類的記述，皆可能是明日民間故事的素材。

又與民俗有關的報導文學，如《民間瑰寶》（心岱策劃）之類，也試為收錄一、二。

二、即是廣義的民間故事　舉凡神話、傳說、人事、史事、生活故事、幻想故事、動、值物故事、寓言、笑話等皆收錄。且不論整理、改寫或創作一併收錄。

三、是兒童版的民間故事　也就是它的主要閱讀對象是兒童，這種寫給兒童的民間故事，從文學的角度看，採錄整理的民間故事，只是一些素材。但卻藏有大眾百姓的夢想和願望，它一直在刺激作家去創造，去賦給它生命，去表現個人的風格。甚至在偉大的作家給它一個全新的詮釋之後，仍然還留下很大的天地，刺激其他的作家去創造另一種的詮釋。因此把臺灣民間故事介紹給兒童，從語文學習的角度看，等於把一顆文學的種子在兒童的心田裡；從人文的角度看，使兒童了解先民的夢想與願望，進而有生根立足處。另外，與臺灣民間故事有關的非小說類兒童讀物，亦收錄於此類。

有關臺灣民間故事書目，雖已彙集成篇，但緣於個人財力與能力之不足，缺疏未免，祈望博學君子能不吝指正。

又上述所舉有關臺灣史資料與民俗之叢書，皆不錄於書目。

（七十九、一）

一、

書　　名	作　者	出　版　社	時　間	備　　註
臺海搜奇錄	王國璠編撰	槐花書局	1953	見《臺灣研究相關資料》頁九六註九
媽祖傳	程大城著	新人出版社	1955	見《光復以來臺灣地區出版人類學論著目錄》頁八四
臺灣風土志	何聯奎‧衛惠林著	臺灣中華書局	1956	
古都古蹟談	趙孝風著	興中出版社	1975.10	
臺灣城懷古集	林勇著	興文齋書局	1960.7	
鐵砧山遊記	白萬進編著	乾記出版社	1961.10	
臺灣土著社會始祖傳說	陳國鈞著	幼獅書店	1964	
風土與生活	施翠峰著	中央書局	1966.7	
臺灣慣俗與民間傳說	黃武東等撰杜英助譯	臺南教會公報社	1968	見《臺灣研究相關書目》頁四九
臺灣古今談	蘇同炳著	臺灣商務印書館	1969.1	
臺灣人物傳說	婁子匡著	東方文化供應社	1970春	
南臺灣民俗	朱峰著	東方文化供應社	1970春	
臺灣土著的神話傳說比較研究	何延瑞撰	東方文化供應社	1970	

書　　名	作　者	出　版　社	時間	備　　註
臺灣民俗源流	婁子匡・許良樂著	臺灣省新聞處社	1971.5	
臺灣俗文學叢話	婁子匡著	東方文化書局	1971秋	
思古幽情集	施翠峰著	時報文化出版公司	1975.7	
思古幽情集（第二集）	施翠峰著	時報文化出版公司	1976.3	
臺灣勝蹟採訪冊（一輯～四輯）	林衡道撰郭嘉雄等圖	臺灣省文獻委員會	1977	見《臺灣研究相關書目》頁一○八
臺灣古蹟概覽	林衡道撰	幼獅文化公司	1977.11	
臺灣先賢列傳（上、下）	馮作民編著	燕京文化公司	1978.6	
臺灣舊事譚	林振東饌	大舞臺書苑	1979	見《臺灣研究相關書目》頁九四
民間戲曲散記	邱坤良著	時報出版公司	1979.9	
臺灣地名延革	洪敏麟著	臺灣省政府新聞處	1979.10	
尋找老臺灣	馬以工著	時報出版公司	1979.12	
野臺高歌	邱坤良著	皇冠出版社	1980.1	
鶯歌的脈搏	陳怡真著	皇冠出版社	1980.1	
痲瘋病院的世界	翁臺生著	皇冠出版社	1980.1	
林衡道談古說今	彭桂芬筆錄	黎明文化事業公司	1980.1	
媽祖傳說	林明峪著	聯亞出版社	1980.4	
鄉事	林清玄著	東大圖書公司	1980.4	
臺灣古今談	古山著	時報出版公司	1980.4	

書　　名	作　　者	出　版　社	時　間	備　　註
臺灣古蹟全集（全集四冊）	關山清主編	戶外生活雜誌	1980.4	
寶島英烈豪傑傳	林藜著	臺灣新生報社	1980.7	
寶島風情錄（上、下）	林藜著	臺灣新生報社	1980.8	
臺灣夜譚－鄉土與民俗	林衡道口述宋宜晶筆記	眾文圖書公司	1980.9	改訂版
臺灣草地故事	林明峪著	錦冠出版社	1981.1	
媳婦入門	胡臺麗著	時報出版公司	1981.2	
臺灣搜神記	劉昌博著	黎明文化公司	1981.3	
臺灣史上的人物	楊雲萍著	成文出版社	1981.5	
唐山過臺灣（全三冊）	彭桂芳著	青年戰士報社	1981.5	四版
南臺灣采風錄	吳新榮著	遠景出版公司	1981.11	
關公作天公	食無魚著	河畔出版社	1981.11	
臺灣聖蹟採訪冊（六輯）	林衡道撰	臺灣省文獻委員會	1981	見《臺灣研究相關書目》頁一〇八
臺灣義民	南兵和編著	自印本	1981	同上頁九五
莊嚴的世界（上、下）	阮昌銳著	文開出版社	1982	
臺灣民間文學研究	施翠峰著	自印本	1982.8	
臺灣聖蹟採訪冊（第七集）	林衡道撰	臺灣省文獻委員會	1982	見《臺灣研究相關書目》頁一〇八

書　　名	作　　者	出　版　社	時間	備　　註
臺灣山地神話之研究	馬莉撰呂秋文教授指導	中國文化大學	1982	見《臺灣研究相關書目》頁四九
岳帝廟前－臺南鄉土回憶	蔡胡夢麟撰	自印本	1982	見《臺灣研究相關書目》頁一一二
蓬萊之旅	古蒙仁著	時報出版公司	1982.11	
臺灣的根及枝葉	禾曰編著	國家出版社	1983.3	
民間瑰寶	心岱策劃	自立晚報社	1983.4	
臺灣第一（一）	莊永明著	文經出版社	1983.9	
淡煙流水畫美濃	心岱著	皇冠出版社	1983.12	
千種風情說蓮荷	心岱著	皇冠出版社	1983.12	
臺灣一百位名人傳	林衡道口述洪錦福整理	正中書局	1984.1	
國家一級古蹟專集		歷史博物館	1984.3	
臺灣地區第一級古蹟		內政部編印	1984.4	
臺灣史蹟源流	林衡道著	行政院文建會	1984.6	
懷念的人物	吳錦發主編	前衛出版社	1984.8	
臺灣動物史話	劉峰松著	敦理出版社	1984.8	
民俗采風	編輯部	光華畫報雜誌社	1984.8	
神話・話神	吳昭明著	臺灣新生報出版社	1984.8	
臺灣民譚探源	施翠峰著	漢光文化事業公司	1985.5	《臺灣民間文學研究》之新版

書　　名	作　　者	出　版　社	時　間	備　　註
臺灣地區第一級古蹟巡禮	劉寧顏著	臺灣省新聞處	1985.6	
臺灣的民間信仰	姜義鎮編著	武陵出版社	1985.7	
十八王公傳奇	張宗榮口述 李麗卿記錄	逸群圖書公司	1985.8	
臺灣第一（二）	莊永明著	文鏡文化公司	1985.12	
臺灣民俗誌	劉還月著	洛城出版社	1986.1	
賽夏族矮靈祭	三臺雜誌叢刊（一）	三臺雜誌社	1986.11	
傳統節慶	林清玄著	行政院文建會	1986.12	
認識民間神明	謝宗華著	國語日報出版社	1986.12	
傳薪集	阮昌銳著	臺灣省立博物館	1987.1	
臺灣史蹟探源	林衡道口述 證木金記錄	青年日報	1987.2	
臺灣地名研究	安倍明義著	武陵出版社	1987.3	
臺灣地區神明的由來	鍾華操著	臺灣省文獻會	1987.6 再版	
臺灣史蹟論叢 上冊信仰篇 中冊人物篇 下冊風土篇	林文龍編著	國彰出版社	1987.9	
臺灣人物誌	宣建人著	臺灣省政府新聞處	1987.10	
臺灣民間的風俗與信仰	邱家文著	臺灣省政府新聞處	1987.10	

書　名	作　者	出　版　社	時　間	備　註
甕底沉香（臺灣民間藝人傳）		臺灣畫刊雜誌社	1988.2	
鯤島探源（全四冊）	林衡道口述楊鴻博記錄	青年日報社	1988.4再版	
臺灣草地講古	林明峪著	錦冠出版社	1988.5	
千年媽祖	黃美英編著	人間出版社	1988.5	
臺灣文化滄桑	黃美英著	自立晚報出版社	1988.6	
臺灣歷史民俗	林衡道著	黎明文化事業公司	1988.9	
臺灣瑣誌	伍稼青著	臺灣商務印書館	1988.12	
香火繼續燃燒	陳煌著	漢藝色研文化公司	1989.1	
臺閩地區古蹟簡介	內政部民政司編輯	內政部	1989.4	
臺灣民俗點滴	鄭琳枝著	臺灣省立博物館	1989.4	
番薯的故事	丘秀芷著	中央日報出版部	1989.6	
臺灣紀事（上、下）	莊永明著	時報文化出版公司	1989.10	
臺灣民俗之旅	洪進鋒著	武陵出版社	1990.1	
民俗臺灣第一輯	林川夫編	武陵出版社	1990.1	
民俗臺灣第二輯	林川夫編	武陵出版社	1990.2	
民俗臺灣第三輯	林川夫編	武陵出版社	1990.3	
民俗臺灣第四輯	林川夫編	武陵出版社	1990.5	
民俗臺灣第五輯	林川夫編	武陵出版社	1990.7	

書　　名	作　　者	出　版　社	時　間	備　　註
民俗臺灣第六輯	林川夫編	武陵出版社	1990.12	
民俗臺灣第七輯	林川夫編	武陵出版社	1991.3	
漳泉故事趣譚	林明華編著	點石出版社	1991.10	

二、

書　　名	作　　者	出　版　社	時　間	備　　註
臺灣城下的義賊廖添丁	廖毓文撰	南華出版社	1955.6	見葉石濤《臺灣文學史綱》頁二九五
臺灣山胞神話故事（一）	韓逋仙譯述	東方文化書局	1960	列為中國民俗學會民俗叢書第一九五
義魄廖添丁	廖毓文撰	國峰出版社	1962	見《臺灣研究相關書目》頁九五
臺灣四大奇案		綜合出版社	1963.8	
臺灣民間文學集（第二部分為故事篇）	李獻璋編著	臺灣文藝協會文光出版社影印	1963.5 1970.5	
臺灣客家俗文學	周青樺搜錄	東方文化供應社	1971春	
臺灣史的通俗演義	譚慧生編	百成書店	1971	見《臺灣研究相關書目》頁九五
臺灣神話	廖毓文著	國鋒出版社	1972	見《光復以來臺灣地區出版人類學論著目錄》頁八九

書　　　　名	作　　者	出　版　社	時間	備　　　註
廖添丁再世	許丙丁撰	國風出版社	1972	見《臺灣研究相關書目》頁一〇〇
臺灣民間流傳故事	徐紆撰	臺南泰華堂出版社	1972	同上頁四八
臺灣民間傳奇	東海老人編	臺南泰華堂出版社	1975	同上頁四八
紙鳶（廖添丁的故事）	心岱著	皇冠出版社	1976.3	
霧社事件	陳渠川著	地球出版社	1977.7	
臺北夜譚	盧沐纂	聯亞出版社	1977	見《臺灣研究相關書目》頁一一〇
寶島搜古錄（一）（二）	林黎著	臺灣新生報社	1978.2	
寶島搜古錄（三）	林黎著	臺灣新生報社	1978.3	
寶島搜古錄（四）	林黎著	臺灣新生報社	1978.7	
臺灣五大分屍案	顧英德 陸珍年主編	聯亞出版社 追追追雜誌社印行	1978	
臺灣搜奇—民間傳奇神鬼故事	賴燕聲編著	青溪出版社	1978.10	
馬利科彎英雄傳	鍾肇政編著	照明出版社	1979.4	
林投姐	章子卿著	聯亞出版社	1979.10	
臺灣民間傳奇	林叟編	聯亞出版社	1979.11	
臺灣民間傳說	肖甘牛 潘平元整理	福建人民出版社	1980.2	

書　　名	作　　者	出　版　社	時間	備　　註
高山族神話傳說	陳國強編	福建人民出版社	1980.9	
臺灣英雄傳	邱勝安撰	民眾日報社	1980	見《臺灣研究相關書目》頁一一一
臺灣風俗誌	片岡巖著 陳金田譯	大立出版社	1981.1	其中第六、七集為民間故事類
走過荒煙	顏巖著	河畔出版社	1981.2	
臺灣傳奇	諸葛朗撰	漢林出版社	1981	見《臺灣研究相關書目》頁一〇九
蓬壺擷勝錄（一──四）	林藜著	自立晚報社	1982.3 再版	
臺灣高山族傳說與風情（上）	劉青河等搜集整理	福建人民出版社	1983.3	
臺灣搜古錄（五）	林藜著	臺灣新生報社	1983.1 再版	
臺灣民俗（其中十七章地方傳說、十八章民間故事、十九章民間笑話、二十章山地傳說）	吳瀛濤著	眾文圖書公司	1984.1 再版	
臺灣高山族傳說與風情（下）	劉青河等搜集整理	福建人民出版社	1984.3	
臺灣民間故事選	巴楚編	四川人民出版社	1984.3	
蘿蔔庄傳奇	黃武忠著	眾文圖書公司	1984.6	

書　　名	作　者	出　版　社	時間	備　　註
美麗的稻穗（臺灣少數民族神話與傳說）		前衛出版社	1984.9	春風叢刊2
臺灣鬼故事奇談		輔新書局	1985	
臺灣民間故事選	石四維編	時事出版社	1985.11	
大盜禪師	司馬遼太郎著　莊華譯	時報出版公司	1986.11	
七葉蓮	吳漫沙著	名流出版社	1987.5	
阿美族神話故事	林生安	臺灣世界展望會家庭生活教育組	1988	見《臺灣研究相關書目》頁二八八
廖添丁全集	許丙丁撰	文藝出版社		同上頁四八
寶島奇談	尤其奇著	東方文化供應社		同上頁四八
臺灣英雄廖添丁	吳樂天著	時報文化出版公司	1989.2	
臺灣民間故事	陳慶浩‧王秋桂等編著	遠流出版公司	1989.6	
臺東卑南族口傳文學選	金榮華整理 中國文學研究所	中國文化大學	1989.8	
臺灣原住民的母語傳說	陳千武著	臺原出版社	1991.2	協和臺灣叢刊十八
臺灣傳奇（壹）臺灣傳奇（貳、參）臺灣傳奇（肆、伍）	林藜著		1991.9 1991.10 1991.11	

書　　名	作　　者	出　版　社	時間	備　　註
鄭成功故事	伍遠資著			見《五十年來的中國俗文學》頁八八
臺灣民間故事	朱鋒‧王詩朗‧吳訴上等			見《五十年來的中國俗文學》頁二○
鄭成功的日本母親	福住信邦著 葉珠算譯	稻田出版社	1992.1	
流星雨	司馬中原	稻田出版社	1992.2	

三、

書　　名	作　　者	出　版　社	時間	備　　註
臺灣鄉土故事	臺北市教育局	臺灣省教育會	1949.12	
臺灣民間故事（第一集）	江肖梅著	大華出版社	1954.10	
臺灣民間故事（第五集）	李世傑著	大眾文化社	1955.5	
臺灣民間故事（第六集）	李世傑著	大眾文化社	1955.7	
媽祖傳	程大城撰 郭軔繪圖	新人出版社	1955	見《臺灣研究相關書目》頁四八
臺灣民間故事（春集）	江肖梅著	大華出版社	1955.11	
臺灣民間故事（第一集）	涂麗生 洪桂己編著	公論報社	1960.5	
臺灣民間故事（第二集）	涂麗生 洪桂己編著	今日醫藥新聞社	1960.3	

書　　　名	作　　者	出　版　社	時間	備　　註
臺灣民間故事（第一集）	蘇樺文 廖未林圖著	小學生雜誌社	1965.10	
臺灣歷史上的名人	蘇尚耀著	臺灣書店	1967.7	
布農族的獵隊	馬雨辰文	臺灣書店	1967.9	
臺灣民間故事	婁子匡編纂 齊鐵恨註譯	東方文化供應社	1969、 1970春	
臺灣民間趣味故事（第一集）	陳定國編畫	現代教育出版社	1970.8	
紅葉之歌	陳約文著	臺灣書店	1970.11	
臺灣鄉野奇譚		青文出版社	1972	見《臺灣研究相關書目》頁四七
臺灣民間故事	張克著	高雄立文出版社	1973	見《臺灣研究資料》頁九八
臺灣民間笑話	陳定國編繪	屏東市現代教育出版社	1973	見《臺灣研究相關書目》頁四八
邱罔舍（臺灣民間故事十二）	高國書編著	西北出版社	1973.11	見《民俗曲藝》六一期頁一一一
臺灣民間故事	高國書編著	西北出版社	1973.11	
臺灣趣味故事（合訂第一）	高國書編著	西北出版社	1973.11	
臺灣故事（上）	江肖梅著	東方文化供應社	1974春	
臺灣故事（中）	江肖梅著	東方文化供應社	1974春	

書　　名	作　　者	出　版　社	時間	備　　註
臺灣故事（下）	江肖梅著	東方文化供應社	1974春	
王大傻的故事	憶夢編	世新出版社	1974.5	據《民俗曲藝》六一期頁一一一
雅美族的船	宋龍飛文	臺灣書店	1975.2	
臺灣墾荒記	周維傑編	臺灣志成出版社	1975.2	
臺灣民間趣味故事（第十四集）	陳定國編繪	屏東市現代教育出版社	1975	見《臺灣研究相關書目》頁四八
賣鹽順仔	陳定國繪書	現代教育出版社	1976.1	
臺灣民間流傳故事	編輯部	光明出版社	1977再版	見《臺灣研究相關書目》頁四七
鴨母王	王詩琅著	德馨室出版社	1979.6	
孝子尋母記	王詩琅著	德馨室出版社	1979.6	
山地神話（一）	陳天嵐 包可蘭文	臺灣書店	1975.7	
山地神話（二）	陳天嵐文	臺灣書店	1975.12	
虎姑婆的故事		偉文出版社	1981.1再版	
抗日英雄羅福星	羅秋昭文	臺灣書店	1981.5	
臺灣鄉野奇譚	廖福本主編	作文出版社	1981	見《臺灣研究相關書目》頁四七
臺灣民間故事	謝武彰編	樹人出版社	1981	

書　　名	作　　者	出　版　社	時間	備　　註
臺灣民間故事1	雨奄等著	臺灣書刊雜誌社	1982.6	
可敬可愛的楊梅	林鍾隆文	臺灣書店	1982.10	
山地故事	蘇樺文 洪義男圖	幼獅文化事業公司	1982.12	
富春的豐原	陳千武文	臺灣書店	1982.12	
茶香滿地的龍潭	鍾肇政文	臺灣書店	1982.12	
淡水是風景的故鄉	李魁賢文	臺灣書店	1983.1	
樹影泥香	白慈飄文	臺灣書店	1983.2	
新莊——失去龍穴的城鎮	鄭清文著	臺灣書店	1983.4	
臺灣民間故事	林樹嶺 陳東和 張天賜等	金橋出版社	1983.7	
臺灣童話	劉庭華 黃泊滄	廣西人民出版社	1983.8	
月光下的小鎮——美濃	鍾鐵民文	臺灣書店	1983.9	
廖添丁傳 （上、下）		莊家出版社	1983.12 再版	
臺灣民間故事		莊家出版社	1983.12 再版	
臺灣民間故事	郭鳳娟改寫	聯廣圖書公司	1984.1	
臺灣民間故事2	雨奄等著	臺灣書刊雜誌社	1984.7	
臺灣民間故事精選	黃得時編著	青文出版社	1984.10	
臺灣民間故事		世一書局	1984.10 再版	

書　　名	作　者	出　版　社	時間	備　　註
臺灣民間史話	陳千武著	金文圖書公司	1984.12	
蓬萊仙島		聯宏出版社	1985.1	
第一好張得寶	鍾肇政著	臺灣書店	1985.1	
有趣的地名故事（一）	羅欽城文	臺灣文教出版社	1985.1	
臺灣民間傳奇（一）（二）	陳東和文	野牛出版社	1985.2 再版	
燕心果	鄭清文著	號角出版社	1985.3	
臺灣今古奇事		世一書局	1985.6	
臺灣民間故事	林樹嶺主編	金橋出版社	1985.12	
臺灣神話故事	林樹嶺主編	金橋出版社	1986.4	
臺灣抗日英雄傳（一—三）	龔湘萍著	作文出版社	1986.4	
雅美文化故事	曾銀花採集	蘭嶼國中社會教育工作站出版	1986.7	
臺灣民間故事		華園出版公司	1986.9	
臺灣山水傳奇	林樹嶺主編	金橋出版社	1986.11	
臺灣古今奇談	林樹嶺主編	金橋出版社	1986.11	
臺灣古代人物傳奇	林樹嶺主編	金橋出版社	1986.11	
板橋林家花園	何兆青著	臺灣書店	1986.12	
蘭嶼的故事	謝釗龍文	臺灣書店	1986.12	
中國孩子的故事—臺灣地名故事		華一書店	1987.1	
北海岸之旅	楊茂樹著	臺灣書店	1987.4	

書　　名	作　　者	出　版　社	時間	備　　註
中國孩子的故事 —臺灣地名故事 （1—5）		華一書店	1987.7	
有趣的神	千綠著	民生報社	1987.8	
臺灣山地故事	瀨野尾寧 鈴木廈合著 魏素貞譯	國語日報出版 部	1987.9	
臺灣傳奇故事		泉源出版社	1987.10	
廖添丁傳奇		泉源出版社	1987.10	
綠島遊蹤	潘小雪著	臺灣書店	1987.12	
臺灣民間故事3	雨奄等著	臺灣畫刊雜誌 社	1988.2	
臺灣民間趣味故事	林樹嶺主編	金橋出版社	1988.2	
臺灣民間奇妙故事	林樹嶺主編	金橋出版社	1988.2	
開疆闢土的英雄	龔湘萍著	作文出版社	1988.3	
臺灣的故事 （一）臺灣民俗之 　　旅 （二）臺灣民間故 　　事 （三）臺灣歷史故 　　事	張揚策劃編 輯	育聯文化公司	1988.4	
鹿港之旅	施懿琳著	臺灣書店	1988.8	
臺灣民間故事（彩 色版幼兒學習百 科）	訾如編著	人類文化國際 企業公司	1988.6	
太陽的孩子（臺灣 先住民圖畫故事 集）	郝廣才主編	遠流出版公司	1988.7	
白賊七奇談	陳東和文	野牛出版社	無	

書　　名	作　　者	出　版　社	時間	備　　註
臺灣民間傳奇	陳東和文	野馬出版社	1988.10 六版	
糯米古牆	黃尹青編著	民生報社	1988.8	
征伐太陽	張良澤著 宋少瓔譯	上仁文化事業有限公司	1988.10	
有趣的地名故事（二）	羅欽城著	臺灣文教出版社	1989.3	
繪本臺灣民間故事 白賊七 神鳥西雷克 女人島 虎姑婆 懶人變猴子 李田螺 仙奶泉 火種 能高山 水鬼城隍 買香屁	郝廣才主編 郝廣才著 劉思源著 張子媛著 關關著 李昂著 陳怡真著 嚴斐琨著 劉思源著 莊展鵬著 李昂著 張玲玲著	遠流出版社	 1989.4 1989.4 1989.4 1989.6 1989.6 1989.9 1989.9 1989.11 1989.11 1989.12 1990.1	全集為《兒童的臺灣》，另有《漫畫臺灣歷史故事》、《繪本臺灣風土民俗》兩部分。
臺閩地區古蹟之旅 先民的遺跡 先民的遺跡	楊仁江著 劉還月著	臺灣省政府教育廳	1989.6	
小學生古蹟之旅 （一）臺北縣‧宜蘭‧基隆 （二）臺北市 （三）桃園縣‧新竹市‧苗栗縣 （四）臺中縣‧臺中市‧彰化縣	總編輯 黃墩巖	愛智圖書公司	1990.1	
廖添丁傳奇全集		世一書局有限公司	1991.5	

書　　名	作　　者	出　版　社	時間	備　　註
臺灣人的歷史童話	許盧千惠著 羅毛清芬譯	自立晚報社文化出版部	1991.5	
臺灣早期開發： 宜蘭地區 北部地區 桃竹苗地區 中部地區 雲嘉南地區 高屏地區 花東地區 澎湖地區	 廖風德著 溫振華著 陳運棟著 黃富三著 石萬壽著 湯熙勇著 鍾淑敏著 許雪姬著	臺灣省政府教育廳	1991 1991.6 1991.10 1991.6 1991.6 1991.6 1991.10 1991.4 1991.6	中華兒童叢書
臺灣傳奇故事		泉源出版社	1991.12	
臺灣鬼故事		泉源出版社	1991.12	
彩虹公主	陳金田著 陳裕堂圖	九歌出版社	1992.2	

附註：

註一：以上並見《俗文學論》段寶林〈俗文學的概念與特徵〉，頁四十九；食貨 版李亦園編《文化人類學選讀》唐美君《口語文學之採集》，頁一七八。

註二：見五十二年八月正中版《五十年來的中國俗文學》，頁四～五。

註三：見六十五月三月時報版施翠峰《思古幽情集》第二冊，頁三。

註四：見《思古幽情集》第二冊，頁四。又張紫晨《民間文學基本知識》一書，頁二十三～三十一，則分為「歷史傳說」、「人物傳說」、「地方風俗傳說」、「動植物傳說」等四類。

註五：以上伯司康氏分類標準與列表皆同註一，頁一七八～一八〇。

註六：以上有關民間故事研究方法流派與分類法，請詳見天鷹《中國民間故事初探》，頁二八～五〇。

註七：據陳奇祿《中華民族在臺灣的拓展》（見六十九年十一月中央文物供應社《中國的臺灣》）頁十三引。

註八：見七十四年《臺灣文獻》三六卷三、四合刊，阮昌銳《臺灣民俗研
　　　究的過去與未來》，頁二六。

註九：《臺灣研究相關書目》，全文為〈四十年來臺灣地區所見臺灣研究
　　　書目〉，是聯經版《慶祝臺灣光復四十週年全國圖書展覽目錄》
　　　之附錄。

參考書目

一、

《五十年來的中國俗文學》　婁子匡、朱介凡著　正中書局
　　1963.8

《臺灣民間故事》（第一集）　蘇樺著　小學生雜誌社　1965.10

《民俗學》　林惠祥著　臺灣商務印書館　1968.2

《臺灣俗文學叢談》　婁子匡著　東方文化書局　1971

《臺灣客家俗文學》　周青樺搜錄　東方文化書局　1971

《思古幽倩集》（第二集）　施翠峰著　時報出版公司　1976.3

《中國民間文學概論》　譚達先著　木鐸出版社　1982.6

《臺灣民譚探源》　施翠峰著　漢光文化公司　1985.5

《臺灣文學史綱》　葉石濤著　文學界雜誌社　1987.2

二、

《民間文學基本知識》　張紫晨　上海文藝出版社　1979.7

《中國民間故事初探》　天鷹著　上海文藝出版社　1980

《鍾敬文民間文學論集》（上下）　鍾敬文著　上海文藝出版社
　　上冊：1982.10　下冊：1985.6

《中國民間故事類型索引》　丁乃通編著　鄭建成等譯　中國民間
　　文藝出版社　1986.7

《俗文學論》　中國俗文學會編　黑龍江人民出版社　1987.9

《中國民間文藝辭典》　楊亮才主編　甘肅人民出版社　1989.3

三、

《臺灣民間文學集自序》　李獻璋　見1970.5月文光出版社影印本
　　　自序頁一～五

《口語文學之採集》　唐美君　見1974.1月食貨出版社李亦園編
　　　《文化人類學選讀》　頁一七六～一九二。原文載1965年
　　　《考古人類學刊》第二五、二六期合刊　頁一～七〇。又原
　　　篇名是〈民族學田野工作之翻譯問題與口語文學之採集〉

《臺灣民俗工作的發展》　王詩琅　見1979.11月德馨室出版社
　　　王詩琅全集卷九《臺灣文教──臺灣文學重建的問題》一
　　　書　頁一八五～一九〇

《光復前之臺灣研究》　黃得時　見1981.1月大立出版社《臺灣風
　　　俗誌》代序　頁一～十四

《臺灣民俗研究的過去與未來》　阮昌銳　見1985年《臺灣文獻》
　　　三六卷三、四期合刊　頁二五～五一

（本文1992年6月刊登於《東師語文學刊》第五期，頁217-
307，臺東市，臺東師院語文教育學系。）

一九四五年以來臺灣地區
童話論述書目─並序

壹

　　中國新時期兒童文學，自發生的源頭來說，並非是本土的自我發展或內發性的；反之，可說是緣於外力促逼而生，亦即是外發性的。它的出現是傳統的解組，它是整個新文化運動的一環。

　　而中國傳統的解組，是始於十九世紀帝國主義堅船利砲的轟擊。時間是1839年至1842年，事件是中英的鴉片戰爭，並於1842年簽訂南京條約。這種外力的挑戰，激發且產生了巨大深刻的結構的形變。

　　曾國藩、李鴻章、張之洞等人的自強運動，是中國現代化運動的第一個階段。它是在「一種無限的精神上的委屈」（見1974年10月，學生書局三版唐君毅《中國人文精神的發展》，頁169）下開始的。中國傳統的解組與現代化是中國西方的「兵臨城下」，人為刀俎，我為魚肉的劣勢下被逼而起的自強運動，這是中國有史以來所受最大的屈辱。故中國現化代運動，實際也是一雪恥圖強的運動。

　　一般來說，真正的兒童文學運動是伴隨著「五四」運動才開始發展起來的。且從近代的文獻資料中，我們可以了解，中國近代許多著名的啟蒙思想家都曾留心於兒童文學。因此新時代兒童文學的發展與通俗文學、國語等推廣種動息息相關。

貳

　　至於臺灣地區兒童文學的發展，亦與中國地區兒童文學的發展頗為相似。

　　臺灣在光復之前，民間的口傳文學、啟蒙教材、日本的兒童文學、中國的兒童文學是構成臺灣兒童文學的四大資源。

　　1937年的中日戰爭，1941年的太平洋戰爭，對臺灣兒童文學是負面的影響。首先，中國兒童文學的資訊中斷。其次日本因為全面投入大規模戰爭而出現資源的枯竭。兒童文學的活動也陷入了停滯。再次，臺灣受戰爭的影響民生凋敝，知識界對兒童文學的關懷因而冷卻。

　　1945年光復，中國大陸卻開始陷入國、共之爭的動亂。至於1947年12月7日國民黨政府遷臺。當時中國知識界份子到臺灣來的頗多。海峽兩岸兒童文學工作者的第一次結合終於形成。遂也因此形成了海峽兩岸兩種不同的發展。然而臺灣光復初期兒童文學的發展，亦猶中國五四時期兒童文學的發展，亦皆與通俗文學、國語的推廣活動有關。臺灣地區兒童文學的發展，洪文瓊在〈1945～1990年臺灣地區兒童文學發展之觀察〉一文（見《（西元1945～1990年）華文兒童文學小史》一書中，頁5~18）裡，認為真正的成長是始於1971年。他稱1971年至1979年為現代兒童文學的「成長期」。因為1971年臺灣省教育廳國校教師研習會開辦「兒童讀物寫作班」，這一年也是正好是中華民國退出聯合國。而1979年臺灣各縣市正式籌建文化中心，且是年元旦美國正

式跟中華民國斷交。這時期的臺灣文學，最值得重視的是在臺灣完整受教育的年輕一代開始成為臺灣兒童文學創作、編輯的第一線尖兵，他們不但是現代臺灣兒童文學的開拓者，同時也是臺灣新文化的傳遞者。

在「現代兒童文學成長期」之前，洪文瓊稱之為「現代兒童文學萌芽期」（1964～1970）、「交替停滯期」（1946～1963）。而林良在〈臺灣地區四十五年來兒童文學發展（1945～1990）〉（見《（西元1945～1990年）華文兒童文學小史》一書，頁1～4）一文中則稱「翻譯運動」（六十年代前後）、「懷舊運動」（光復後的第一個十年）至於1980年後則進入爭鳴且多元發展的時期。

參

　　童話是兒童文學的主流，是成人特別為兒童講述的故事。在臺灣地區的兒童文學發展與演進中，童話是最常見的，也是最主要的文類。洪文瓊認為交替停滯期（1946～1963）「較多的作品是民間故事或古籍改寫，以及教訓意味頗濃的生活故事性童話」（頁14）；而在「萌芽期」（1964～1970）「可以說是譯介時期、作品則以童話為主流。」（頁14）

　　在交替停滯期的童話，從寫作的人數及作品質量來看，就童話的發展而言，是屬於幼苗階段。

　　這一階段的出版社，除了翻印大陸早期的作品，如商務印書館的《小學生文庫》五百冊等外，大部份印行的是外國的童話。這個時期的童話，差不多仍是國王、王子、公主等性質的古代童話。

　　1964年是臺灣經濟發展起飛的年代，童話也隨之蓬勃發展起來。相關的因素有：

　　1960年9月，全省各師範院校，由本學年度開始逐年改制為五年制師專。「兒童文學研究」列為語文組選修課程。

　　《小學生》雜誌公開徵求童話作品，引起不少作者的全力投入。並於1966年出版三本童話創作。（一本是嚴友梅的《小仙人》，一本是蘇樺的《小黃雀》，一本是陳相因等人合著的《小野貓》。）

　　1964年6月，臺灣省教育廳成立兒童讀物編輯小組，由彭震

球擔任總編輯，出版了中華兒童叢書，其中有不少童話作品。

1965年12月，國語日報選譯《世界兒童文學名著選輯》第一輯出版。（至1969年計出十二輯，每輯十冊。）又朱傳譽翻譯了《小豬與蜘蛛》等名著。引進歐美高水準兒童文學作品，有提升國內童話作家的眼界和寫作技巧。

1971年5月3日至29日，板橋國校教師研習會首次舉辦「兒童讀物寫作研習班」，徵調全國省對兒童文學寫作有心得的國小老師，給予四星期的專業訓練，培育了二十七位寫作人才。由於培育的效果良好，國校教師研習會又連續開辦了十一期。

1974年4月4日，財團法人洪建全教育文化基金會正式設置「洪建全兒童文學創作獎」。首屆分為少年小說、童話、兒童詩、圖畫故事四類。

在童話的發展與演進中，由於省教育廳的提倡，及國語日報、師專教授、國小教師的堆動。再加上政府與民間機構對童話的獎勵。遂使自一九四五年以來作為童話主流的「教育童話」，在八十年以後有了轉變。

一般來說，在現代兒童文學成長期（1971～1979年），最值得重視的是在臺灣受完整教育的年輕一代開始為現代兒童文學的開拓者，同時也是臺灣新文化的傳遞者。在七十年代裡，是中小企業的成長期，卻是政治、思想的浪潮，其間影響較為深遠的有；

　　　退出聯合國（1971年10月25日）。
　　　與日本斷交（1972年八月29日）。
　　　第一次石油危機（1973年11月）。

　　蔣中正去世（1975年4月5日）。

　　蔣經國時代（1975～1988年）。

　　周恩來（1976年1月8日）、毛澤東（1976年9月9日）去世。

　　美麗島事件（1979年12月10日）。

　　與美國斷交（1979年12月30日）。

　　七十年代政治方面，雖然是一個風雨飄搖的年代。但卻喚起了自覺。此時臺灣新文化已逐漸孕育而成，並向外擴散，自我意識與本土意識也隨而對外關係的挫折而迅速成長。

　　八十年以降，臺灣地區的工業化，促使臺灣的經濟再度飛騰，而跨國經濟、文化的殖民依舊，外加臺灣地區的戒嚴解除，開放前往大陸探親。再再促使有識者自我與本土等現代意識的生長。因此臺灣地區的童話逐漸從實用、說教的範疇掙脫出來，並回歸文學，回歸兒童。於是遊戲童話、環保童話、心理童話、宗教童話……呈現多元化的探索。至九十代的後現代，更是多采、詭異與迷惑。

肆

　　臺灣地區兒童文學研究似乎仍是處於摸索期。雖然童話的是兒童文學的主流。但有關童話的研究與論述，仍然是不多。

　　其間，最值得注意的是1965年兒童節，出版了一本《兒童讀物研究》的理論書。書中介紹不少有關童話創作的知識。第二年5月，又出版了《兒童讀物研究第二輯——童話研究》。這兩本理論書的出現，指引了不少有志從事童話研究與創作的人。而在此時期，師專開設有「兒童文學」的課，由於教學需要，各師專教授「兒童文學」課的教授，也發表了不少有關於童話理論的文章。其中，林守為有《童話研究》（1970年11月自印本）的專著。這是臺灣第一本有關於童話的個人著作。這本書介紹了童話的基本認識，童話與兒童的關係，英、日、美、法、意、德、俄等國家的童話發展與作家、作品情形，童話名著的欣賞，童話的寫作與論述，明日的中國童話等。

　　有關童話的論述，期間較為熱絡的可以說是始自《國語日報》的〈兒童文學週刊〉（1972年4月2日）的專欄。《中國語文》月刊、各師院的學報號人及《教育輔導》月刊、臺灣地區各省市師院每年舉辦的「兒童文學學術研討會」的論文，也有部分童話的理論文章。至於理論專書，目前僅見於陳正治、傅林統、蔡尚志、李麗霞四人而已。

　　概言之，臺灣地區有關童話之論述，可說相當貧乏，非但外來論述專著不足，甚至連大陸學者論述亦有限。雖然近一、二年

以來，有些多元的論述引進，但基本上這些書上不足稱之為童話的典範論著。這是有志於童話寫作或研究者（或稱之為兒童文學寫作或研究者）理當深思的課題。

　　由於個人頗重視史料或文獻之收集與整理，加上這次研討會主題臺灣地區的童話。是以對臺灣地區出版之有關童話的史料或文獻略加整理。自1945年以來臺灣地區的創作童話，應該尚未超過壹仟伍佰種（註一）。至於以中文書寫的論述更是寥寥無幾。因此，本文所收錄的論述書目，除學位論文外，其純度頗為不是。既不足以學術術語稱之，亦構不成專論。於是，民間故事（註二）與傳記相關書目之收錄。

　　又以下收錄書目，依出版先後為序。

一、學位論文

　　《小川未明童話與安徒生童話之比較》　邱慎著　文化大學日本所　1983

　　《格林童話中文譯文之研究》　胡榮蓮著　文化大學西洋文學所　1986

　　《宮澤賢治試論──以其童話作品中心》　謝妙玟著　淡大日文所　1986

　　《中、日兩國兒童文學之對照研究──以「浦島太郎」和「龍宮奇遇記」為論說之中心》　張美雲　東吳日文所　1988

　　《從文化歷史文化觀點看童話：試讀〈小紅斗篷〉》　古佳艷著　臺大外文所　1990

　　《海涅詩作〈德意志・冬天的童話〉中對照效應及其組成要素之探討》　魏榮貴著　輔大德文所　1991

《小川未明童話研究》　許嘉宜著　文化大學日本所　1991

《中國古代童話研究》　朱莉美著　文化大學中文所　1992

二、專論書目

《兒童讀物研究第2輯》　林良等著　小學生雜誌社　1966.5

《童話研究》　林守為著　臺南師專　1970.11

《日本童話文學研究》　邱淑蘭著　名山出版社　1978.1

《童話與兒童研究》　松村武雄著　新文豐出版公司　1978.9

《集郵票看童話》　宇平著　臺灣省政府教育廳　1980.11

《小朋友寫童話》　陳正治編　國語書店　1982.2

《中國民間童話研究》　譚達先著　木鐸出版社　1982.6

《中國動物故事研究》　譚達先著　木鐸出版社　1982.6

《臺灣民間文學研究》　施翠峰著　自印本　1982.8

《童話的智慧上、下》　吳當著　金文圖書公司　1984.12

《童話的文學創作》　洪中周編著　浪野出版社　1985.5

《臺灣民譚探源》　施翠峰著　漢光文化公司　1985.5

《怎樣寫兒童故事》　寺村輝夫著　陳宗顯譯　國語日報附設出版部　1985.10

《安徒生傳》　Rumer Godden著　嚴心梅譯　中華日報社　1986.9

《兒童文學創作班講義（一）（二）》　國語日報語文中心　1986.12

《兒童文學創作班講義（三）》　國語日報語文中心　1987.3

　　《兒童文學創作班講義（四）》　國語日報語文中心
1987.5

　　《中國古代音樂故事與傳說》　本社編輯室編著　開拓出版
有限公司　1987.6

　　《兒童文學創作班講義（五）》　國語日報語文中心
1987.8

　　《狄斯耐──全世界人跟著他笑》　黛安娜・狄斯耐・米勒
著　楚茹譯　北辰文化股份有限公司　1987.8

　　《兒童文學創作班講義（六）》　國語日報語文中心
1988.1

　　《童話的理論與作品賞析》　陳正治著　市北師國教輔導書
1988.6

　　《中國民間童話研究》　譚達先著　臺灣商務印書館
1988.8　臺初出版

　　《中國動物故事研究》　譚達先著　臺灣商務印書館
1988.8　臺初出版

　　《兒童文學學術研討會論文集》　臺東師院　1989.5

　　《幼稚園繪本・童話教學設計》　岡田正章等監修　武陵出
版社　1989.7

　　《童話藝術思考》　洪汛濤著　千華出版社　1989.8

　　《童話學》　洪汛濤著　富春文化事業股份有限公司
1989.9

　　《童話的世界》　相尺博著　久大文化公司　1990.6

　　《童話寫作研究》　陳正治著　五南圖書公司　1990.7

　　《二歲小孩會讀童話書》　陳惠珍・蔡登鍬編　大唐出版社

1991.5

　　《作文小百科（童話篇）》　黃燈漢著　正生出版社

1992.1

　　《小小童話選》　陳正治編　親親文化事業有限公司

1992.9

　　《認識童話》　林文寶編　中華民國兒童文學學會　1992.11

　　《童話的世界》　相尺博著　萬象圖書股份有限公司

1992.8

　　《科學童話研究》　李麗霞著　先登出版社　1993.3

　　《童話之王──迪斯耐（迪斯耐世界的開創者）》　大森民載原著　趙之正編譯　先見出版社　1993.3

　　《觀念玩具──蘇斯博士與新兒童文學》　楊茂秀、吳敏而著　遠流出版事業股份有限公司　1993.6

　　《如何教寶寶讀童話書》　陳惠珍、蔡登鍬編　世茂出版社

1993.12

　　《童詩童話比較研究論文特刊》　海峽兩岸兒童文學研究會

1994.5

　　《中國本土童話鑑賞》　陳蒲清著　駱駝出版社　1994.6

　　《那個叫安徒生的男孩》　伊・穆拉約娃原著　胡影萍改寫　天衛文化圖書有限公司　1994.6

　　《和小星說童話》　駱以軍著　幾米圖　皇冠文學出版有限公司　1994.11

　　《日文版與中文版「小紅帽」的比較研究》　吳淑琴著　傳文　1994.11

　　《世界童話史》　葦葦著　天衛文化圖書有限公司　1995.1

《臺灣鄉土的神話與傳說》　施翠峰著　彰化縣立文化中心
1995.6

《我說故事給你聽》　李彩鑾著　交通部郵政總局　1995.7

《兒童的故事畫指導》　鄭明進著　世界文物出版社
1995.9

《一千零一夜——女人的新童話》　姚若珊著　碩人出版公司　1996.2

《新新人類‧老老故事》　愛莉斯‧蔻博原著　林瑞永譯
大紅圖書有限公司　1996.4

《同志童話》　Peter　Cashorali著　景翔譯　開心陽光出版
公司　1996.5

《鐵約翰——一本關於男性啟蒙的書》　羅勃‧布萊著　譚
智華譯　張老師文化事業股份有限公司　1996.6

《童話創作的原理與技巧》　蔡尚志著　五南圖書公司
1996.6

《美麗的水鏡—從多方位深究童話的創作及改寫》　傅林統
著　桃園縣立文化中心　1996.6

《誰喚醒了睡美人》　伊林‧費屆著　陳貞吟譯　世紀書房
1996.7

《超越英雄—成人的童話故事》　Allan　B.　Chinen
M.D.著　陳之鳳譯　新苗文化事業股份有限公司　1996.9

《跟童話交朋友上、下》　黃基博著　國語日報　1996.10

《美夢成真——華德狄斯奈傳奇》　理查‧葛琳，凱薩琳‧
葛琳著　安紀芳譯　絲路出版社　1996.11

《醜女與野獸——女性主意顛覆書寫》　Barbara　G.

Walker著　薛興國譯　智庫出版社　1996.12

　　《神聖故事》　查理・辛普金森、安・辛普金森編　賴惠幸譯　雅音出版公司　1997.5

　　《白雪公主的復仇》　梁瀨光世著　呂紹鳳譯　尖端出版有限公司　1997.6

　　《中外童話音樂欣賞》　金裕眾、戴逸如著　丹青圖書有限公司　未印出版年月

　　《名人偉人傳記全集3——安徒生》　梁實秋主編　名人出版社　未印出版年月

附註：

註一：有關臺灣本土童話書目，請參見：

　　　陳正治〈中華民國近二十五年童話創作書目〉，見一九八九年七月幼獅文化公司出版，洪文瓊主編《兒童文學童話選集》附錄，頁324-341。

　　　陳正治〈童話簡介與國人童話作品〉，見一九八九年二月《華文世界》，頁9-14。

陳正治〈臺灣四十年來的童話發展〉（上、下），見《中國語文》月刊405期，頁41-44並見《東師語文學刊》各其中拙著之兒童文學年度書目。

註二：民間故事亦有屬童話者，亦可見參見拙著〈臺灣民間故事書目—並序〉，文見1992年《東師語文學刊》第五期，頁217-307。

參考書目

《（西元一九四五年～一九九〇年）華文兒童文學小史》　洪文
　　瓊策畫主編　中華民國兒童文學學會　1991.5

《（西元一九四五年～一九九〇年）兒童文學大事記要》　洪文
　　瓊策畫主編　中華民國兒童文學學會　1991.6

《我國兒童文學的演進與展望》　許義宗著　自印本　1975.12

《兒童文學史料（一九四五～一九八九）初稿》　邱各容著　富
　　春文化事業股份有限公司　1990.8

《臺灣兒童文學史》洪文瓊著　傳文文化事業公司　1994.6

（本文1998年3月刊登於《臺灣地區（1945年以來）現代童話
學術研討會論文集》，頁277~290。臺東市，國立臺東師院兒
童文學研究所編輯。）

臺灣地區兒童
讀物選書工具初探

壹、前言

　　所謂的選書（Book Selection），是指一連串取捨圖書的過程（註一），對於推動兒童文學來說，更是一項重要工作。林武憲指出推動兒童文學有六項工作，其中一項便是「加強兒童讀物的評介工作」（註二）。目的在像鏡子一樣照出讀物的優缺點，供學校、圖書館、家長做為購書的參考（註三）。項目很多，除了定期出版的評介專刊之外，還包括了報紙、婦女、家庭、教育雜誌上兒童讀物的評介專欄。至於「選書工具」，是指供人選擇書籍之工具，而書目是最重要的一項。因此，個人曾以「好書大家讀」等選書活動，列為臺灣地區兒童文學發展史上的指標事件之一。研究生林玲遠亦曾以〈臺灣地區選書工具初探〉為題，撰寫報告一篇，綜觀全文，具體而微。時下正流行閱讀活動，2000年是為兒童閱讀年，新政府教育部長上臺亦倡言「兒童閱讀」。又適逢北市師院應用語言研究所邀稿，是以就學生報告擴而充之，並將題目訂為〈臺灣地區兒童讀物選書工具初探〉。

　　申言之，不同背景的單位都有可能從事選書工作。以圖書館來說，選書被認為是建立館藏的首要工作，王振鵠說「不論圖書館技術工作如何完善，或是組織與管理如何有效，其工作成敗，首先取決於藏書」（註四）。二十世紀初期，許多書評人原是兒童圖書館館員（註五），就算這樣，基於館員能力與經費的限制，美國一些大型公共圖書館，如：Baltimore County Public Library、Fort Worth Public Library等，都將他們兒童部門的選書工作委外

處理。這些館員認為將選書工作交出由出版商、代理商來執行，不但可以降低成本，還可以增加館藏的時效性、新穎性，並且更符合讀者的閱讀興趣。此外，他們也認為書商的出版消息、對新書的掌握能力都不見得要比館員差，因此讓這些書商參與選書工作絕對是有助益的（註六）。二十世紀後半，美國書評界已逐漸不再是兒童圖書館館員稱霸的天下。臺灣的情形則一開始就不是圖書館界在主導，政府主持的好書選評活動一枝獨秀數年之後，才有民間單位合作辦理。對臺灣的評書、選書活動來說，現在可說尚處於起步時期，但也可以說是正在充滿可能性的開拓時期，正需要人們的注意與關心。

貳、兒童讀物選書的概況

　　選書之事，自古有之，孔子曾有「不學詩無以言」、「不學禮無以立」（見《論語·季氏》）之說。又《論語·述而》篇「子所雅言，詩、書、執禮，皆雅言也。」可見孔子平日常以詩、書、禮教弟子。而後，儒士非但要具有禮、樂、射、御、書、數等六藝之必要的知識與技能，更要有五經的基本學養。至南宋，朱子於孝宗淳熙年間（1174~1189），合輯《論語》、《孟子》、〈大學〉〈中庸〉成集，名為「四子書」、通稱為「四書」，並於元仁宗皇慶二年（1313年）以後，成為科舉士子必讀書。

　　總之，所謂選書或必讀書目，歷代有之。期間或以清末張之洞的《書目答問》為集大成。

　　臺灣地區的兒童圖書目錄，雖然始於1957年（註七），但目錄無關選書。而本文所指選書，其閱讀對象上限是國中生。以下略述臺灣地區有關兒童讀物選書的緣起與概況。

　　臺灣的好書評選活動，基本上是由政府機構主導。1976年新聞局對出版事業的輔導工作正式邁出了腳步。從1976到1979之間，雖然協助出版事業突破經營困境等已經成了新聞局固定的施政方針，但是對於優良出版品以金鼎獎方式鼓勵究竟是應以其品質優良為導向，或應以其出版品績優為導向，尚未成定論。同時究竟應新聞、雜誌、圖書、有聲四類，每年同時辦理，或分類隔年辦理，限於經費也未能形成共識，這種經費拮据，政策搖擺的

情形在1980年有了全面的改善。這一年的金鼎獎確立了四大類每年同時辦理，以及以品質優良為導向。1981年為期使全國民眾皆知道金鼎獎為國人選出的國內出版年度好書，首創中視轉播金鼎獎。

金鼎獎雖首開選書風氣之先，但兒童讀物亦僅是圖書類中八類之一而已（註八），真正純以兒童讀物相關的選書，則以行政院新聞局推介優良中、小學生課外讀物為先。這個選書活動，始於1982年，並訂有〈印製發行中、小學生課外讀物輔導要點〉（見附錄一）（註九），以後逐年公布入選清冊。且自第二次推介清冊裡公布參與評選委員名單。

這個活動，自1995年6月第十三次推介優良中小學生課外讀物清冊起，則有了彩色封面的印製。而1996又有「小太陽獎」的設立。「小太陽」三個字是取自林良先生的《小太陽》，取喻青少年及兒童成長過程中，有如太陽般光明、溫暖、活潑。所謂「小太陽獎」，是從推介書目中，依類別各推出一項「小太陽獎」，同時取消「最佳翻譯」獎項。

臺灣省、北、高兩市，亦仿效新聞局而有中、小學生優良讀物推介活動，只是效果似乎不彰。

在眾多的選書活動中，最不能忽視者。當屬「好書大家讀」。「好書大家讀」活動在桂文亞小姐推動下，於1991年1月，由中華民國兒童文學學會、臺北市圖書館、民生報聯合舉辦，其旨為推廣讀書風氣，提供兒童圖書資訊，鼓勵出版優良兒童讀物及落實「兒童讀好書，好書不寂寞」之基本理念。

因「好書大家讀」的推動，於是停止了金龍獎的推選活動。

「好書大家讀」活動，由於主辦單位力求評鑑制度之嚴謹，

這項活動已廣受兒童文學界及出版界之重視與肯定。而創辦者之一的中華民國兒童文學學會，卻於1997年，因故退出這項活動。又文建會亦自1997年參與此項活動，並補助部份經費。1998年起，文建會全額補助。自今年起（2000年），則交由臺北市圖書館承辦。

　　在眾多選書活動中，信誼基金會的選書是以幼兒為主。而中國時報開卷版最佳童書與聯合報讀書人版最佳童書，則最具媒體效應。

試將相關兒童讀物選書活動列表如下：

活　　　動	起使年代	主辦單位	備　　　註
金鼎獎	1976	行政院新聞局	四大類，其中圖書部分八類，兒童讀物只是其中一類。
行政院新聞局推介優良中、小學生課外優良讀物	1982	行政院新聞局	免費提供全國各中小學。 出版社自由提報作品。
中華民國圖書館基本圖書選目—兒童文學與兒童讀物類	1982.6	中國圖書館學會編印	
中學生好書書目	1984.12	明道文藝雜誌社	
金龍獎	1988	中華民國兒童文學學會	因民生報兒童版合辦「好書大家讀」而停止。
兒童課外讀物展覽及評鑑實錄	1990.9	國立教育資料館編印	1993.2又出版《青少年課外讀物展覽及評鑑實錄》一書。

活　　動	起使年代	主辦單位	備　　註
中國時報開卷版最佳童書	1990	中國時報	出版社提供書，亦主動跟出版社要書。
「好書大家讀」活動	1991	由民生報發起，合辦單位每年不一	1. 由中華民國兒童文學學會、民生報兒童版、臺北市圖書館聯合承辦。 2. 出版社自由提報作品。
書林采風	1992.6	國家文藝基金會管理委員會	卓英豪策劃
《幼兒的110本好書》	1993.6	信誼學前教育基金會	1995年3月又出版《81、82年幼兒好書書目》
兒童好書書目	1993.11	臺北市圖編印	彙集各種獎項書目
聯合報讀書人版最佳童書	1994	聯合報	出版社提供書，亦主動跟出版社要書。
小太陽獎	1996	行政院新聞局	針對本土創作圖書，不考慮翻譯及中國大陸作品。出版社自由提報作品。
臺灣（1945~1998）兒童文學100	1999.3	文建會主辦、東師兒文所承辦	

　　至於相關選書工具書目，則見附錄二。

參、選書工具之限制

　　評選好書並編輯成冊，其過程既繁瑣且漫長。尤其是涉及主辦者與參與者的圖書「選擇政策」與「選擇標準」（註九）。「選擇政策」與「選擇標準」是相關而性質卻不同的兩種規定，一般說來，選擇政策是原則性說明，亦即對選書範圍及性質的明確指示。凡是政策中被列為「不採購」或「全部採購」的資料項目者，便無庸再引用任何「選擇標準」。至於「選擇政策」條文中「適當」及「儘量」字義，便必須引用「選擇標準」來闡明，加上主事者的判斷力來考慮取捨。如行政院新聞71年1月22日（71）瑜版一字第01164號函公布實施的〈印製發行中小學生課外讀物輔導要點〉當屬政策範圍，而其第二次推介《清冊》中〈說明〉：

　　本局於七十一年十一月首次辦理優良中、小學生課外讀物之推介，計推介書刊一二五種（圖書一二〇種三三〇冊，雜誌五種），獲得社會各界回響。本年繼續辦理二次優良中、小學生課外讀物之推介工作，省、市新聞處及本局分別就出版後送備之書刊，擇優推薦參選，計有三一三種（圖書二八〇種五五二冊，雜誌廿三種）。該批書刊經由十六位評選委員，自本年六月六日起至六月廿七日止，為時三個星期慎重評選後，決定推介其中一四二種（圖書一三六種二三五冊，雜誌六種）。未能入選之書刊，其主要原因是未能符合「印製發行中、小學生課外讀物輔導要點」

之有關規定；評選委員咸認為，凡採用五號字並加注音，或使用花紋迷彩襯底印刷，或插圖不清，或紙張太薄以致油墨滲透至背面，或文字排列直式橫式不明確，或內容、插圖不合乎國情等，均不宜入選。另基於創作重於模仿之原則，入選之書刊儘量以國人之創作為主。（見頁1~2）

這是評選標準，但亦不離評選政策，又所謂的〈輔導要點〉雖幾經修訂，但在第十三次推介清冊中則已不見，起而代之的是〈評審委員的話〉。

雖然評選好書原則上都有政策與標準，且亦公布評選過程，但皆不盡如人意。其間，北市圖《兒童好書書目》（1993年11月出版）是較為單純的選書，其〈編輯凡例〉說明其收錄範圍：「自民國1983年至1993年止，各獎項獲獎之中文兒童類圖書彙編而成」。可見評選好書的先行條件，是評選政策與標準的確定，而這些所謂的評選政策與標準，又是爭議之處。當然，財力亦是困擾處。因此我們認為評選好書工具之限制，亦緣此而生，以下試論之：

一、「好書」標準的客觀性

東吳大學中文系曾經調查書店的童書排行榜，並與好書推薦作比較發現，國語日報表示在現在有些好書推薦的評選過程中，由於推薦的書籍很多，而學者專家又必須在極為有限的時間內完成評薦工作，因此容易造成評薦時切入角度的不公。而親親文化城則反映有些送評的童書由於採抽樣的方式，因此在客觀性上難免令人質疑（註十）。其實所謂的好書，本來就牽涉許多主觀意

識。林煥彰便認為，所謂的「優良讀物」，是沒有一定準則，常有見仁見智的看法：而且，對知性和感性讀物的要求，也應有不同的標準（註十一）。主持評選往往是一件吃力不討好的工作，中國時報開卷版前主編莫昭平在一次演講中，與聽眾分享了評書的種種「愛恨情仇」，並很無奈地說明他們當時的選書標準可以說是「沒有標準的」，因為實在沒有辦法用一段很具體的話或文字，說出他們怎麼選書，或是〈開卷版〉認為怎麼樣的書是好書。但是那標準確實是存在的，莫主編認為如果常常看開卷版的話，也許慢慢就會揣摩出他們的標準在哪裡（註十二）。聯合報副刊主編蘇偉貞認為，關於好書推薦的標準，就像人體血液的新陳代謝，有價值的必將在營養全身器官後與生命共生，否則自然淘汰（註十三）。這些形容雖然顯得模擬兩可、難以具體，但比較起條列式明白清楚的評選準則而言，也許反而更能貼切地形容出評選者心中那把難言的尺。

　　儘管如此，增加客觀性以求公正、公平、以免遺珠之憾，仍是人們期待追求的目標。如何接近這樣的目標呢？黃海認為：比較科學的方法就是，加以分級，再評選選出不同名目的「創作童話好書」、「創作少年小說好書」、「製作好書」、「圖畫好書」、「改寫中外故事好書」、「翻譯好書」、「電子好書」，必要時還可以選出「年度最佳插畫」、「年度最佳童話或少年小說」等等不同類別（註十四）。以「好書大家讀」來說，剛開辦時，參選書籍不多，評委有點類似包工者，無論是科學性讀物、圖畫故事或文學綜合作品，均得一一閱讀。後來由於成長太快，送來參選的書籍太多，才略分為科學讀物與文學綜合兩組，但後者的量仍然繼續成長，有時一梯次每位評選者要細讀近兩百冊

書，因此，文學綜合組從1997年起細分為圖畫故事與文學綜合兩組（註十五）。由於不同類型書籍的標準不同，合併比評不但增加評選者的工作量，更重要的還是缺乏合理性。

　　以小太陽獎來說，桂文亞認為，小太陽獎在分類與分齡上，區分得不夠精密，因此造成散文、小說、詩歌，或中、小學讀物競逐一個獎項的不合理狀況，也讓評審在選擇客觀評比標準時，充滿困惑（註十六）這才是分類不夠清楚時可能造成的最大問題。

二、流通與管道

　　好書推薦的功能在於刺激精神層面的閱讀風氣，推動優良讀物出版。然而，關於報章雜誌上最佳童書的評選方面，約有百分之四十四的孩童不知道這種訊息，若是知道有最佳童書評選訊息的孩童，其父母或孩童本身則約有百分之九十六的人數比例都有遵照專家意見，購買最佳童書的經驗。可見父母與孩童的購買資訊，仍是息息相關。故評選童書，實具有超然而重要的任務和影響（註十七）。書店於店內銷售推薦童書時的擺設方式幾呈開架式，這種型態頗有商業促銷的意味。然而對此聯經出版公司則認為：書籍不似其他物品，它在被購買前是可讓消費者先翻閱的，消費者有權決定是否購買。所以這種開架式的書籍陳列方式只表示這些好書被注意的機會較大，但絕非一定會被購買。而新學友書店亦表示，把這種開架式的好位子提供給讀者以便於閱覽所推薦的書，其實對評效也有損失，因為有時叫好不叫座。事實上，我們不能忽略的是平面式的書籍擺設本可刺激消費，而且又經過專家、學者的推薦，當然更可使讀者產生強烈的購買慾了（註十八）。這些都是好書選評之後需要注意的下游發展工作，關係到選書工

作效能是否彰顯，並且可以供回饋檢討工作本身存在的意義。

　　張子樟認為：「好書大家讀」活動最令人遺憾的是，下游推廣工作未能做好。每年的好書選出後，編印成冊，但家長並不知有這樣值得參考的購書指南，這種現象以中南部、東部最為嚴重。另外，出版商出了好書，卻苦無出路，出版意願自然會降低，如此循環下去，出版業必遭扼殺，這點並非我們所樂見的。目前全省中小學不下三千所，如果每間學校都能購買選出的好書一冊，則好書的第一版有了出路，出版商當然樂意再出好書。」（註十九）可見從事選書工作並不能只注意工作本身，還應關心到後續應用上的發展，畢竟這是一個相扣的環狀關係。

三、選書工具的缺乏

　　所謂的選書工具包括一些標準書目、出版目錄、期刊之專業書評等，以美國來說，有關兒童出版品的專業選書工具相當多。對有心者而言，美國的童書書評可謂到處都看得到（註二十）。

　　至於國內，雖然有前面列舉的選書工具，但以目前兒童出版市場日漸蓬勃的情況來看，國內有關兒童資料的選書工具仍明顯不足，而且有些選書工具的年代久遠，已喪失了利用的時效性。

　　另外，臺灣童書界似乎有只見導讀不見評論的現象，之所以形成這種現象可能有兩方面原因，一是臺灣童書評論的觀點和基礎，仍然不夠豐富；二是童書界出版、作者、評論彼此間的關係錯綜複雜，因此要痛下針砭，其實也並不容易（註二十一）。然而今天我們談兒童文學，欲提升其品質，肯切而平實的書評將是一位創作者所迫切需要的。正如芭莎‧莫阿妮‧米勒（Bertha mehony mille）所言，「篇篇只有讚美沒有批評的書評只會讓創作者的筆漸漸鈍去，唯有平實的批評才能削尖作家的筆」（註二十二）

肆、選書工具之相關議題

王振鵠於《圖書選擇法》一書說：

> 圖書選擇的三大要素：選擇人員對於圖書應具備相當的知
> 識，瞭解讀者大眾的需要，並能明智的利用圖書資源。除
> 這三項要素之外，圖書選擇者還要有頭腦有經驗將這三大
> 要素作適當的配合，作為實際工作的指針。（頁16）

如果深入思考為兒童選書的態度，就不得不注意到「選書行
為，除與專業能力有關外，可能牽涉的是意識型態，這意識型態
可能是隱而不顯的，但卻代表著整個社會對兒童的態度、人們
對知識的看法，甚至對人之存在價值的想法。Perry Nodelman於
《閱讀兒童文學的樂趣》（*The Pleasures of children's Literature*）
一書中（註二十三），用三章來討論〈文化、意識型態與兒童文
學〉之三種相關事項。選書行為涉及的意識型態，就兒童而言，
可能就是對兒童主體性的漠視。

由英美兒童書評的發展歷史來看，根據史料記載，第一位嘗
試有系統的評估兒童讀物的人可說是英國的莎拉・由美（Satah
Trimmer）。由美向以身為孩子宗教信仰及社會禮教道德的守護
者自居，因此她心目中的「好書」就是那些具有說教意味，教孩
子們虔誠崇拜，堅定宗教信仰、修養美德、淨化心靈的教條性書
籍。為了保護孩子純潔的心靈，遠離污染身心的讀物，她定期在

教育的守護神裡發表兒童書書評，教導家長如何選好書，並嚴厲抨擊一些現今孩子們熱愛的而她卻貶為不道德、不妥的故事，例如「灰姑娘」、「藍鬍子」、「小紅帽」等，還有現代人尊為古典名著的「魯賓遜漂流記」、「鵝媽媽童謠」（註二十四）。可見兒童書的選書及書評一開始的出發點，是基於成人教化、保護兒童的目的。

十九世紀古人對兒童的態度也許令今人發噱，然而不可否認，今日兒童在成人看來，仍是較無知的、較缺乏應變能力、較不具堅持力的。這種看法下對童年最顯著的影響就是剝奪兒童自由接近書本的權力，許多成人對決定兒童「什麼不能讀」比決定「什麼可以讀」還有興趣，一本好書變成只要求沒有可能不好的訊息、不描寫不當的行為、也不會恐怖以免小孩晚上作惡夢。「我們有時候會取一種聽來無害的名字，來稱呼我們剝奪孩子的這種事情的過程：挑選書籍」（註二十五）。

選書行為是必然的，學校或圖書館不可能有龐大經費能買起所有的出版品，而成人在選書上扮演著重要角色，要緊的是應時常慎重思考實際的選擇原則。劉宗慧認為血腥、死亡、裸露這些都是該顧忌的，因為孩子需要被保護，但是「保護」應該是適度而合理的。我們應徹底檢視這些作品是否真的會「傷害孩子」，而最重要的檢視原則應該是就作品的品質作深入評估（註二十六）。孩子是自己的審查者，孩子對於喜歡或不喜歡的東西自有一套標準，大人所能作的是適時給予幫助，而非完全的主導，但這並不表示大人們不應關心孩子的閱讀內容，而是應避免加入自己的主觀判斷。兒童館員在選書時，不能因為自己的不了解而將某些資料加以排除，也不能因為書中內容與自己或社會的觀點

相衝突而不予考慮，更不能為了省去麻煩而不選某些作品。而是
應該在對作品進行深入了解之後，儘量提供孩子寬廣的選擇空
間，開擴生活視野，不管這些作品是令人心痛或歡樂的。

伍、結語與建議

　　臺灣地區兒童文學的出版品正蓬勃發展，而選書工具雖亦有其歷史，但似乎是辛苦的追在出版後面跑，儘管不同的評書單位會有自己的角度和出發點。但綜觀臺灣地區兒童讀物選書工具，雖然似乎有略似常設的專責單位，但仔細看來，總嫌專業不足，更缺乏主動性。而媒體的選書，更是瀰漫著意識型態。所謂選書者，缺乏專業的讀書人，似乎皆屬臨時結集，且被逼的閱讀者，其陋在於缺乏長期的關心與觀照。

　　「好書大家讀」的活動，2000年起經費由文建會全額補助，並且由臺北市圖書總館承辦。評選工作從出版社、新聞媒體手中交由專業的圖書館員，這是過程之必須，也是進步的徵象。當然，我們更期待有專業學者的長期投入。

　　面對大陸，放眼天下，我們奢談全球化，嚮往地球村，於是迷思於立足處。我們是經濟的強國，卻是文化的殖民。

　　申言之，臺灣自1987年解除戒嚴法，使臺灣從此走向一條多元開放的道路。但就兒童文學而言，仍有本土化與國際化之爭。這種爭執主要是對殖民文化的反動，因此，它也是一種自然的趨勢。每個人都將成為世界公民，但在同時又不能失去根本源頭的認同，每個人都必須在所屬的國家與社區扮演積極參與的角色。我們雖然要邁入國際化，但相對的，地方化、區域化的觀念越來越受到重視。國際化和地方本土化到底如何去化除緊張，亦是不可避免的事實。吉妮特・佛斯（Jeannette Vos）、高頓・戴頓

（Gordon Dryden）於《學習革命》（*The Learning Revolution*）中認為塑造明日世界有十五個大趨勢，其中之十是「文化國家主義」，他們說：

> 當全球愈來愈成為一個單一經濟體，當我們的生活方式愈來愈全球化，我們就愈來愈清楚的看到一個相反的運動，奈斯比稱之為文化國家主義。
>
> 「當世界愈來愈像地球村，經濟也愈來愈互賴時」，他說，「我們會愈來愈講求人性化，愈來愈強調彼此間的差異，愈來愈堅持自己的母語，愈來愈想要堅守我們的根及文化。即使是歐洲由於經濟原因而結盟，我仍認為德國人會愈來愈德國，法國人會愈來愈法國」。
>
> 再一次的，這其中對於教育又有極為明顯的暗示。科技越加發達，我們就會越想要抓住原有的文化傳統──音樂、舞蹈、語言、藝術及歷史。當個別的地區在追求教育的新啟示時──尤其在所謂的少數民族地區，屬於當地的文化創見將會開花結果，種族尊嚴會巨幅提升。（1997年4月中國生產力中心版，林麗寬譯，頁43~44）

本土化、國際化，皆不悖離多元化。而所謂多元化、本土化的主張，不是口號，是趨勢。在歷經長期的努力，我們已經有了對臺灣與本土文化自然的情感。其實自1960年代末期，有愈來愈多的作家、學者對另一種殖民作為──新殖民主義，尤其是美國好來塢文化及其商品侵略──開始注意。針對新舊殖民經驗，如何界定自己本土文化，珍視傳統文化再生的契機及其不同之處，

便成為刻不容緩的課題。

面對兒童讀物的選書，如何重建我們的主體性與自主性。這是我們無法逃避的事實。至於意識形態亦是無可避免事實，如果我們能認同：意識形態的概念是啟蒙運動的產物，它是對思想的來源進行理性的分析，揭示社會法則與自然法則的一致性，清除宗教和形而上的淺見與謊言。因此，意識型態的概念，在其本義來的意義上是積極的、進步的。同時，它更是一個日益多元化社會的產物。（註二十七）

其次，文化的傳承與兒童文化，似乎亦是意識型態的延伸。

又所謂的導讀，果真不如批評？

為兒童選書，評書是一件良心工作，要謹慎面對。我們期待會有更多樣的選書工具之外，更寄望重見我們的思考與反省，讓既有的選書工具擁有優質水準，且發揮最大的功能。

附註：

註一：Jana Gardner Connor, Children's Library Services Handbook, Oryx Press,1990:23.

註二：見林武憲〈推展兒童文學需要大家一起來〉一文，出自《1991年優良兒童讀物「好書大家讀」手冊》，頁114。

註三：同註2，頁115。

註四：見臺灣學生書局1987年7月五版《圖書選擇法》，頁4。

註五：見劉梅影〈英美兒童書評的發展（下）〉，出自《中華民國兒童文學學會會訊》九卷一期，1992，頁41。

註六：William W. Wan, "Collection Development : Shifting Paradigms in Children's Services—Report of the Program Sponsored by PLA Service to Children Committee", ALA Annual Conference（1995）:179-80.

註七：見附錄一。

註八：金鼎獎分新聞、雜誌、圖書、唱片四大類。而圖書類又分人文社會
　　　科學、自然與應用科學、文學創作、藝術生活、兒童讀物、漫畫
　　　讀物、綜合等八類。

註九：見鄭雪玫《兒童圖書館理論／實務》，1983年4月臺灣學生書局，
　　　頁74~75。

註十：見周全等人〈暢銷書排行榜的缺席者—童書（下）〉，出自《中華
　　　民國兒童文學學會會訊》十卷五期，1994，頁55。

註十一：見林煥彰〈一個讀者的基本要求—我心中的優良兒童讀物〉，出
　　　　處同註2，頁121。

註十二：見莫昭平〈「開卷在臺灣」—讀書刊物vs讀者vs出版社〉，出自
　　　　《出版流通》44期，1995，頁8。

註十三：見蘇偉貞〈當男好書遇上女好書—《讀書人》的推薦精神〉，出
　　　　自《出版流通》42期，1995，頁9。

註十四：見黃海〈什麼書才是「好書」？〉，出處同註2，頁118。

註十五：見張子樟著《閱讀的喜悅》，臺北市：九歌出版社有限公司，
　　　　1998年2月，頁66。

註十六：見徐淑卿〈只見導讀，不見評論〉，刊於〈中國時報〉開卷版，
　　　　1998年4月23日。

註十七：同註10，頁54。

註十八：同註10，頁55。

註十九：同註15，頁68。

註二十：見〈誰扮黑臉諍友—借鏡美國兒童讀物書評運作〉，刊處同註16。

註二一：同註16。

註二二：同註5，頁43。

註二三：天衛文化圖書有限公司2000年1月劉鳳芯譯本。所言3章見頁
　　　　86~169。

註二四：同註5，頁34-35。

註二五：同註23，頁107。

註二六：見劉宗慧〈兒童不宜的圖畫書〉，1994年4月，《誠品閱讀》，頁1。

註二七：詳見大衛・麥克里蘭著・施忠蓮《意識形態》臺北市 桂冠圖書
　　　　股份有限公司 1991年5月。

附錄一
印製發行中小學生課外讀物輔導要點

行政院七十一年元月十六日臺七十一教字第〇八〇八號函核定
行政院新聞局七十一年一月廿二日（71）瑜版一字第〇
一一六四號函公布實施

一、行政院新聞局為導輔出版業者提高中、小學生課外讀物之印
　　製品質，藉以維護學生視力健康，特訂定本要點。

二、出版業者印製中、小學生課外讀物，應依照左列規定：

　　（一）以正楷字印刷為原則，字體大小不得小於教育部所訂
　　　　　各級學校教科書採用之字體標準：

　　　　　1.國民小學低年級：二一三號字。

　　　　　2.國民小學中年級：三號字。

　　　　　3.國民小學高年級：四號字。

　　　　　4.國民中學：四一五號字。

　　　　　5.高級中學：四一五號字。

　　（二）每行間隔不得小於字體百分之五十，每字間隔不得小
　　　　　於字體百分之二十五，如有注音符號者，字體與間隔
　　　　　均應加大。

　　（三）不得使用反光紙或顏色過份鮮明之紙張，並避免以花
　　　　　紋襯底。

（四）不得使用多種色彩印刷文字，或以彩色相間。

（五）印刷必須清晰，套色力求準確。

（六）於封面註明適宜閱讀之年級。

三、地方政府新聞主管機關，應定期將字體合於規定、印刷精美及內容純正之中、小學生課外讀物，送請行政院新聞局會同有關單位評定公布，並向各級文教機構及中、小學校推介，作為選購之參考。

四、行政院新聞局對於印製不合規定、有損學生視力健康或身心發展之課外讀物，除隨時公布其名單外，並函請主管教育行政機關轉知各中、小學校，勸告學生避免閱讀。

五、行政院新聞局對於發行中、小學生課外讀物字體合於規定、印製精美及內容純正有益學生身心健康之出版業者，得予獎勵。

附錄二
相關兒童讀物選書工具書目

中華民國兒童圖書目錄　中央圖書館編　正中書局印　1957.10

中華民國兒童圖書總目　中央圖書館編印　1968.10

全國兒童圖書目錄　國立中央圖書館臺灣分館編印　1977.6

全國兒童圖書目錄續編　國立中央圖書館臺灣分館編印　1984.4

全國兒童圖書目錄三編　閱覽組、典藏組編輯　中央圖書館臺灣分
　　館　1996.6

中華兒童叢書簡介　省教育廳兒童讀物編輯小組主編　1971.4

第二期中華兒童叢書簡介　省教育廳兒童讀物編輯小組主編
　　1978.12

第三期中華兒童叢書簡介　省教育廳兒童讀物編輯小組主編
　　1983.5

第四期中華兒童叢書簡介　省教育廳兒童讀物編輯小組主編
　　1986.9

優良中華兒童叢書簡介　省教育廳兒童讀物編輯小組主編
　　1990.11

第五期中華兒童叢書簡介　省教育廳兒童讀物編輯小組主編
　　1991.10

第六期中華兒童叢書簡介　省教育廳兒童讀物編輯小組主編

1998.1

學前教育資料館圖書目錄　信誼基金會學前兒童教育研究發展中
　　心學前教育資料館編印　1981.1
行政院新聞局第一次推介中小學生優良課外讀物清冊　行政院新
　　聞局　1982.11
行政院新聞局第二次推介中小學生優良課外讀物清冊　行政院新
　　聞局　1983.8
行政院新聞局第三次推介中小學生優良課外讀物清冊　行政院新
　　聞局　1985.6
行政院新聞局第四次推介中小學生優良課外讀物清冊　行政院新
　　聞局　1986.7
行政院新聞局第五次推介中小學生優良課外讀物清冊　行政院新
　　聞局　1987.7
行政院新聞局第一次至第五次推介中小學生優良課外讀物清冊
　　行政院新聞局　1987.7
行政院新聞局第六次推介中小學生優良課外讀物清冊　行政院新
　　聞局　1988.7
行政院新聞局第七次推介中小學生優良課外讀物清冊　行政院新
　　聞局　1989.6
行政院新聞局第八次推介中小學生優良課外讀物清冊　行政院新
　　聞局　1990.6
行政院新聞局第九次推介中小學生優良課外讀物清冊　行政院新
　　聞局　1991.6
行政院新聞局第十次推介中小學生優良課外讀物清冊　行政院新

聞局 1992.6

幼兒的110本好書 鄭明進等企劃 信誼基金會出版 1993.5

行政院新聞局第十一次推介中小學生優良課外讀物清冊 行政院
新聞局 1993.7

行政院新聞局第十二次推介中小學生優良課外讀物清冊 行政院
新聞局 1994.6

81、82年幼兒好書書目 高明美等企劃 信誼基金會出版 1995.3

行政院新聞局第十三次推介中小學生優良課外讀物清冊 王思
迅、曾瑾瑗主編 行政院新聞局 1995.6

行政院新聞局十四次推介中小學生優良課外讀物清冊 王思迅、
陳淑篋主編 行政院新聞局 1996.7

行政院新聞局第十五次推介中小學生優良課外讀物暨第二屆小太
陽獎得獎作品 王麗婉等編 行政院新聞局 1997.7

行政院新聞局第十六次推介中小學生優良課外讀物暨第三屆小太
陽獎得獎作品 謝美裕、項文苓主編 行政院新聞局 1998.9

小太陽獎（1~3，中英文）─行政院新聞局中小學生優良課外讀
物 總編輯趙義弘 行政院新聞局 1998.9

行政院新聞局第十七次推介中小學生優良課外讀物暨第四屆小太
陽獎得獎作品 項文苓主編 行政院新聞局 1999.10

小太陽獎（1~4，中英文）－行政院新聞局中小學生優良課外讀
物 總編輯趙義弘 行政院新聞局1999.10

行政院新聞局第十八次推介中小學生優良課外讀物暨第五屆小太
陽獎得獎作品 項文苓主編 行政院新聞局 2000.12

兒童圖書目錄第一輯 臺北市立圖書館編印 1984.10

兒童圖書目錄第二輯　臺北市立圖書館編印　1986.12

兒童圖書目錄第三輯　臺北市立圖書館編印　1988.9

兒童圖書目錄第四輯　臺北市立圖書館編印　1990.4

兒童圖書目錄第五輯　臺北市立圖書館編印　1991.4

兒童圖書目錄第六輯　臺北市立圖書館編印　1992.4

兒童好書書目　臺北市立圖書館編印　1993.11

兒童圖書目錄第七輯　臺北市立圖書館編印　1993.12

兒童圖書目錄第八輯　臺北市立圖書館編印　1994.12

兒童圖書目錄第九輯　臺北市立圖書館編印　1996.1

兒童圖書目錄第十輯　臺北市立圖書館編印　1997.1

兒童圖書目錄第十一輯　臺北市立圖書館編印　1998.1

一九九一年優良兒童讀物「好書大家讀」手冊　桂文亞主編　中華
　　民國兒文學學會、民生報、臺北市立圖書館、國立中央圖書
　　館臺灣分館 1993.2

一九九二年優良圖書好書大家讀手冊　桂文亞主編　中華民國兒童
　　文學學會、民生報、臺北市立圖書館、國立中央圖書館臺灣
　　分館　1993.8

一九九三年優良童書指南　管家琪主編　中華民國兒童文學學
　　1994.4

一九九四年優良少年兒童讀物指南　林麗娟主編　中華民國兒童文
　　學學會 1995.3

一九九五少年兒童讀物指南　曹正方主編　中華民國兒童文學學會
　　1996.3

一九九六兒童讀物、少年讀物好書指南　馮季眉主編　中華民國兒

　　童文學學會　1997.3

一九九七兒童讀物、少年讀物好書指南　馮季眉主編　文建會、民
　　生報、國語日報、幼獅少年　1998.3

一九九八兒童讀物、少年讀物好書指南　謝玲主編　文建會、民生
　　報、國語日報、幼獅少年　88.3

一九九九年少年讀物兒童讀物好書指南　桂文亞主編　文建會
　　2000.4

中外兒童少年圖書展覽目錄　臺灣省立臺中圖書館編印　1982.3

中華民國圖書館基本圖書選目　兒童文學與兒童讀物類　中國圖
　　書館學會編印　1982.6

臺灣省七十五年優良圖書暨兒子讀物巡迴展參展圖書目錄　臺灣
　　省教育廳編印　無出版年月

兒童課外讀物展覽及評鑑實錄　國立教育資料館編印　1990.9

青少年課外讀物展覽及評鑑實錄　國立教育資料館編印　1993.2

「世界兒童文學名著」欣賞　藍祥雲等　國語日報社　1972.9

推荐給中學生的一百本好書（第一輯）　劉焜輝編著　天馬出版社
　　1978.12

推荐給中學生的一百本好書（第二輯）　劉焜輝、張淑貞編著　天
　　馬出版社　1980.12

兒童文學名著賞析　許義宗著　黎明文化事業公司　1983.10

中學生好書書目　策劃：陳憲仁　明道文藝雜誌社　1984.12

幼稚園兒童讀物精選　華霞菱著　國語日報出版部　1985.12

名家為你選好書　子敏主編　國語日報出版社　1986.7

小小書評佳作選（一）：世界兒童文學名著篇　邱阿塗編選　富春

　　文化事業公司　1989.6

小小書評佳作選（二）：中華兒童叢書篇　邱阿塗編選　富春文化
　　事業公司　1989.10

兒童書的排行版　邱阿塗著　宜蘭縣國民教育輔導團　1990.2

書林采風　卓英豪策劃　國家文藝基金會　1992.6

和小星說童話　駱以軍著　皇冠文學出版公司　1994.11

童書王國　黃宣勳主編　正中書局　1995.8

幼教天地　幸曼玲主編　臺北市立師範學院兒童發展研究中心
　　1997.6

好書之旅—愛亞導讀　愛亞著　幼獅文化事業股份有限公司
　　1998.10

臺灣（1945~1998）兒童文學100　林文寶主編　行政院文建會
　　2000.3

彩繪兒童又十年　林文寶策畫　幼獅文化事業股份有限公司
　　2000.6

童書演奏兒童讀物如何進入教學現場　趙鏡中主編　教育部臺灣省
　　國民學校教師研習會　2000.12

書目繪本花園多元多彩多智慧　遠流編輯室編　遠流出版公司
　　2001

　　（本文2000年11月刊登於《語言文學之應用國際學術研討會論
　　文集》，頁35～54，臺北市，臺北市立師範學院應用語言文學
　　研究所。）

臺灣兒童戲劇的劇本

壹、前言

個人雖然是兒童文學研究者，但真正用心於兒童劇，則是始於80年中期。其間完成《兒童戲劇書目初編—並序》一文，並於七十九年六月一日，臺灣區省立師範學院七十八學年度「幼兒教育輔導工作研討會發表，其後集結出版為《幼兒教育輔導工作研討會論文》（1990年6月臺東師院《幼教學刊》第二集，頁95～125。）

又於90年代末期，為幼獅文化事業股份有限公司策劃1988~1998兒童文學選集七冊，其中兒童戲劇選集則邀請曾西霸主編，書名《粉墨人生》（2000年2月出版）

1999年，東師兒童文學研究所開始招收暑期碩士專班，每年都有戲劇專長學生，於是有更多機會接觸劇場。

在負責所務過程中，亦與劇場工作者有所接觸。

據黃仁《臺北市話劇史九十年大事記》一書，臺灣兒童話劇的演出，最早該是1948年（民國37年）5月由臺灣省教育會主辦的兒童話劇公演會。

第1天：三幕劇《學生服務隊》，四幕《吳鳳》

第1天：獨幕劇《悔悟》，一幕二場《我愛祖國》，三幕《共同協力》。（註一）

其後臺灣省教育會編輯成書，書名《兒童劇選》，於1948年12月由東方出版社印行，這是臺灣的第一本創作劇選，計收劇本四，其劇名與作者如下：

我愛祖國（獨幕二場劇）　蕭良正作

悔悟（二幕劇）　吳慶常作

共同協力（二幕劇）　黃鷗波作

學生服務隊（三幕劇）　魏訥作

　　基本上，臺灣兒童戲劇的活動，都是在政府與政策帶動下進行。引申的說，所謂的戲劇，都離不開劇團與劇本。有關臺灣兒童劇團擬另以專文討論。本文擬專論結集的成書。所謂結集的成書，主要是指歷時性的徵文結集的劇本；其次，兼及相關論述著作與人物。又結集成書的劇本主要以省級為主，有關縣市徵文者不在本文論述之內。

　　論述範圍之所以選擇結集成書的劇本、相關論述與人物。源於其關注焦點在於文學性與本土性。並擬從其中以見其學術性。

貳、有關徵文集結的劇本

臺灣地區兒童戲劇的倡導與推廣，首推李曼瑰等人。李曼瑰1907年6月生於廣東省臺山東坑榮草里，1930年畢業於北京燕京大學國文系，一生致力於戲劇。1975年10月20日病逝於三軍總醫院，享年70歲。（註二）

李氏於1960年10月起推動小劇場運動。1967年，有感於愛爾蘭民族劇社為民族革命做的努力，在民族主義愛國情操之下，為了響應中華文化復興運動，為了「創建中華民族的戲壇」，李氏於1967年擴大話劇觀賞會的演出規模，舉辦春、夏、秋、冬四季大公演，首次舉辦青年劇展與世界劇展，並發起成立「中國戲劇藝術中心」，作為發展戲劇運動的基地。

在中國戲劇藝術中心之下成立的組織有：中國青年劇團、兒童戲劇推行委員會、兒童教育劇團、兒童劇徵選委員會、海外劇藝推行委員會、橋青劇社和李聖質先生夫人宗教劇徵選委員會等。

一、中國戲劇藝術中心與《中國兒童戲劇集》

1969年，李曼瑰邀集了兒童教育家與戲劇教育家，成立兒童戲劇推行委員會與兒童教育劇團，舉辦兒童戲劇訓練班，著手推行兒童劇。兒童戲劇推行委員會，由女師專校長熊芷任主任委員、立法委員趙文藝任副主任委員、政戰影劇系主任王慰誠擔任總幹事、國民教育司司長葉楚生任首席顧問、國語實小校長張希

文等任常務委員、葉霞翟、任秀瑞、許素玉、吳青萍等為委員。兒童教育劇團，則由王慰誠擔任首任團長，於每年暑假舉辦兒童戲劇訓練班，並作示範性的演出。自1969年至1973年，共舉辦五屆的兒童戲劇訓練班，參加兒童人數近千人，並從每年舉辦的兒童戲劇訓練班中挑選優秀者為演員，公演了兒童劇九齣（歷次訓練與排演與國語實小、古亭國小、中山國小、女師專等學校合作）並且介紹參加電影電視演出。1970年李曼瑰並商請中國電視公司開設兒童節目，播演兒童電視劇，由吳青萍、王慰誠相繼主持。

　　李曼瑰主要是從教育的角度來進行兒童劇的推動，目標在於創作性戲劇教學法的推行。在方法上，著重於培養學校老師成為兒童戲劇的基本幹部，開設戲劇訓練班以訓練老師編導能力與兒童的表達能力，並且運用其個人在政治上的影響力（立法院教育委員會委員），使兒童戲劇的推動能夠透過政府教育行政單位與教育界人士的配合，普遍而深入的進入國中小學的校園。關於學校老師的戲劇訓練，自1968年至1971年共舉辦三次的研習會。1967年暑假，舉辦第一次教師戲劇研習會，由臺北市教育局和中國戲劇藝術中心合辦，由臺北市和中小學校保送九十九名教師參加，受訓兩個月。1970年暑假，舉辦臺北市教師人員訓練班，學員六十人，仍由臺北市各學校保送。翌年戲劇中心獲得省教育廳廳長潘振球協助和臺灣省教育廳合作，於省訓團舉辦戲劇編導班，由省立中小學校保送八十多位教師到中興新村受訓。三次共計訓練教師二百多人。

　　李曼瑰於1972年1月15日，邀請六個教育機關主管（教育部前文化局長王洪鈞、高教司司長廖傳淮、國教司司長葉楚生、社

教司司長謝又華、　臺灣省教育廳長潘振球、臺北市教育局局長
高銘輝等）和熊芷、趙文藝、王慰誠、劉碩夫等人餐敘商討劇本
問題，大家一致決定，以省市公私立中小學教職員為對象，公開
徵選兒童劇本四十部。由教育部文化局、社教司、省教育廳和臺
北市教育局各撥款三萬元，作為錄取劇本的稿酬、評選、修改、
補助出版等費用，並委託中國戲劇藝術中心開設兒童劇編撰函授
班，這次計畫共錄取了劇本三十二部。

後來，李曼瑰又請教育廳於臺灣省國民學校教師研究會第
一五四期中，增設兒童劇寫作研習班，徵調應徵和參加函授班教
師四十人，於1973年2月12日赴板橋受訓一個月。由劇藝中心安
排課程，在請劉碩夫、王慰誠、張永祥、陳文泉等人給予個別
指導，而李曼瑰本人也親筆刪改增修，劇本的修繕過程「歷時半
載，或親筆代為刪改增寫，以至字句標點的修正，或提供意見，
函請作者自行修改，重寫，或另編新劇。」共選出了劇本二十六
部，編輯出版，是為《中華兒童戲劇集》。這是1949年以來最大
規模的出版兒童戲劇作品。《中華兒童戲劇集》的編輯與出版，
可說是一項充滿了理想色彩的戲劇種子希望工程。

1974年，教育部頒訂〈國中國小兒童戲劇展實施要點〉通令
全國各縣市政府教育局實施，並規定各縣每年舉行一次為原則。
李曼瑰在兒童戲劇運推展上的努力，由開設訓練班訓練兒童戲劇
人才，兒童劇示範演出，到兒童劇本的徵選和出版，至終於開始
進入普遍實施和全面推展的階段。然而，正當臺灣兒童戲劇運作
要進入全面開展之際，李曼瑰卻不幸逝世。

李曼瑰逝世後，兒童劇運的推展工作便由劇藝中心的繼任主
持者蘇子和賈亦棣繼續推動下去。第一屆的兒童劇展，自從1977

年，由臺北市教育局和中國戲劇藝術中心共同舉辦開始，到1987年第十一屆止，十一年中，影響所及，臺中、高雄、 新竹、苗栗、花蓮、桃園等縣市也相繼仿效臺北市兒童劇展的模式，舉辦兒童劇的演出，全臺灣省共有八十三所國小和四十八所國中參加劇展的演出。就參加的單位和舉辦的地區而言，兒童劇的推行可謂相當的普遍與興盛。

二、臺北市教育局與《青少年兒童劇本》

臺北市政府教育局與中國戲劇藝術中心，在1977年的兒童節展開臺北市第一屆的「兒童劇展」，在國立藝術館由十五個學校——十二所小學、三所中學——連續演出十五天，三十場，同時頒發「最佳演出獎」、「最佳導演獎」、「最佳編劇獎」、「最佳男主角獎」、「最佳女主角獎」、「最佳團體紀律獎」、等十八個獎項。這次兒童劇展作為一個活動的開端固然意義重大，但是也有不少細節引起非議，例如既然有中學生參加就應訂名「兒童/青少年劇展」才正確；又例如獎項過於繁多，造成演出學校為角逐獎項，把金錢、經歷都浪費在無謂之處，扭曲舉辦兒童劇展的本意，因此也造成往後的幾屆劇展，終將劇展地點改變為以演出學校現有禮堂為主。同時鼓勵盡量創作新作品，1982年開始，臺北市政府教育局每年舉辦「青少年兒童劇本」的徵選、出版活動，前後計出版五本（1982～1986）。

三、臺灣省教育廳與《優良兒童劇本選集》

1974年，教育部公布兒童劇展實施要點之後，臺灣省教育廳隨即據以積極展開工作，教育廳舉辦了兒童劇展指導教師的研

習，以期培養教師的指導能力；也舉辦了兒童劇展的觀摩，藉以切磋指導的技巧；更舉辦了兒童劇展的工作座談，以便相互檢討工作得失；除外，更補助各優良劇團，巡迴各地演出，期望兒童劇展的工作能生根落實，每年均有數千名學生參加演出，數萬名學生參與觀賞，其績效已獲肯定。

檢討兒童劇展工作的推展，劇本創作一直是劇展活動的一大難題。為使優良劇本的演出更為普遍，教育廳於1987年委請新竹社教館就一年來教師所創作且經演出顯有績效的作品，由學者專家的評審，選出佳作數種，彙編為專輯《優良兒童劇本選集》（1987年6月出版，印送各國民中、小學參考。）

徵選活動自1992學年度起，改由高雄縣立文化中心承辦，至1999年止，計出四集。

1. 臺灣省八十一學年度優良兒童劇本徵選集，1993.6。
2. 臺灣省八十二學年度優良兒童舞臺劇本徵選集，1994.6。
3. 八十五、八十六年度優良兒童舞臺劇本徵選集，1997.6。
4. 八十七、八十八年度優良兒童舞臺劇本徵選集，1999.6。

四、教育廣播電臺與《兒童劇坊節目腳本》

教育部為加強國民小學生活及道德教育，擬透過廣播教學，於是請教育廣播電臺製作「兒童劇坊」。提供一個合乎學校教育目標，使教師上課能有更多樣化的選擇，並給予小朋友一個生動活潑的生活倫理教學情境，以加強國民小學生活與道德教育效果。

「兒童劇坊」自1990年9月開播長達四年。並將節目腳本結集出版，書名為《兒童劇坊節目腳本》共計有九輯。第一輯於

1991年6月出版，第九輯於1995年2月出版。

五、周凱劇場基金會與《戲劇交流道》

周凱劇場基金會成立於1987年，為紀念青年舞臺工作者周凱在裝臺工作中由調燈梯架上摔落喪生，而發起籌組的劇場基金。以劇場人才的培育與保障、劇場環境與品質的提升為宗旨。此外，也希望能促進劇場工作者的交流，專業素養的提升，以及整個劇場藝術本身的精進與發展。因此，有了出版劇場專業書籍的計畫。

《劇場交流道》的出版計畫，是劇場專書編譯的嘗試。第一階段先編印「劇本系列」。根據1991年夏季初步調查統計，訪談了二十個劇團中，即有一百九十個演過的劇作，這些作品都各具風貌與創作力，若能趁早蒐集整理，有系統的出版才不致散逸。各縣市鄉鎮有志於開發小劇場活動的這一代青年，或各級學校的戲劇社團，以及任何型態的社區表演組合，都能隨手到書店（或某個代銷處）找得到屬於我們自己的創作劇本，使用這些感情及語言接近的腳本來推動演出，並參考其中的經驗，實驗和試煉，可免掉摸索前進時不必要的困頓與限制，對整個臺灣戲劇文化的累積，想必有實際的成效。

《戲劇交流道》劇本系列計二十五本。其中前四冊為兒童劇本：（1993年3月出版）《魔奇兒童劇選》、《哪咋鬧海》、《夢幻仙境》、《年獸來了》。

六、文建會與兒童傳統戲劇節劇本

文建會為推展文化活動，並將藝術落實在生活中，自1997年

首次策辦一個位兒童量身打造的《出將入相———兒童傳統戲劇節》演出節目，希望以「親子一同看戲曲」為訴求，鼓勵小朋友走進劇場，一起來觀賞傳統戲曲，享受「活文化」的饗宴。

在多元化、多媒體、物質充裕的現代社會中，孩子雖有五花八門的童玩，但似乎較缺乏以人文素養為基礎的觀戲經驗。因此，對文建會而言，這是一項創舉也是大膽得嘗試。

這個活動由「辜公亮文教基金會」承辦，歷經半年的公開徵選，在二十四件企劃中，選出國內五個優秀的表演團體，分別用歌仔戲、京劇、相聲等形式，以唱、唸、做、打，或說、學、逗、唱等活潑方式，自9月到11月，一連五個週末假日，開心地在「新舞臺」連演十五場，戲曲生動的身段、精采的槍把功夫，深深烙印在孩童記憶的心版上，而皮黃、都馬、七字調的旋律，加上鑼鼓的節奏，也都留到他們的耳根裡，成為永久的音符。

1997年《出將入相——兒童傳統戲劇節劇本》於1997年12月出版，計有五冊：明華園歌仔戲團《蓬萊大仙》、當代傳奇劇團《戲說三國》、牛古演劇團《老鼠娶親》、薪傳歌仔劇團《黑姑娘》、相聲瓦舍《相聲說戲》。

1999年第二屆出將入相——兒童傳統戲劇節，仍由辜公亮文教基金會承辦，第二屆《出將入相——兒童傳統戲劇節劇本》於1999年6月出版，計收劇本四冊：國立復興國劇團《森林七矮人》、華洲園皮影戲團《西遊記——三打白骨精》、紙風車劇團《武松打虎》、薪傳歌仔細劇團《烏龍窟》。另有《出將入相——第二屆兒童傳統戲劇節活動紀實》一書。

七、臺北市文化局與臺北兒童藝術節

　　臺北市文化局為培養孩子們的藝術欣賞能力，體驗藝術的美感，並促進文化藝術的傳承與紮根，於是舉辦有臺北兒童藝術節。

　　2002年並於臺北兒童藝術節舉辦「兒童金劇獎」活動，希望藉此能吸引更多有志於兒童戲劇的人才，提升兒童戲劇之水準，並鼓勵優秀的兒童戲劇團隊創作好劇本，製作好演出，從專業團體的角度提升，讓孩子們可以欣賞到更多更有創意的戲劇，進而培養更多藝文人口。

　　2002年得獎作品分別為〈輕輕公主〉、〈仙偶奇緣〉、〈快樂村的頭箍〉。〈輕輕公主〉改編自十九世紀喬治‧麥當勞（George McDonald, 1824~1905）的古典文學作品，藉由現代歌舞劇場的靈活表現手法，說明「愛」的重量，故事充滿想像空間及夢幻色彩。〈仙偶奇緣〉最大特色是將歌仔戲與布袋戲結合，改編自〈柳毅傳書〉的傳統故事，巧妙地將傳統戲曲融入兒童劇中，創造出新的詮釋。不同於前二者的〈快樂村的頭箍〉，諷喻現今不重視思考的教學方式，並運用教育劇場的互動形式，引發觀眾更寬廣的思考空間。

　　這些得獎作品在「2003年臺北兒童藝術節」中進行首演。《兒童戲劇創作金劇獎優良劇本》於2002年9月出版。

　　《兒童戲劇創作徵選優勝作品選集》於2003年11月出版，2003年由〈鬼姑娘〉、〈速度專賣店〉、〈抱天空〉拔得頭籌，每個劇本以不同的角度道出兒童劇多元且豐富的風貌。改編自臺灣小說家鄭清文童話故事集《燕心果》中的〈鬼姑娘〉，裡頭有

我們熟知的傳統村莊、觀音寺、廟埕、樹林等種種景色，以傳統布袋戲的方式，藉由小主人翁阿城的慈悲救人，詮釋人性善惡兩面的錯綜與交集。「速度專賣店」運用許多有趣的想像空間，從孩子的眼光反省現今這個事事求快的社會。「抱天空」故事由主角回憶兒時的遊戲形式與大自然互動方式，提供孩子們觀看世界的另種角度。故事多樣豐富，架構簡單而卻饒富深意，相信也能喚起你我那久藏的純摯之心。

參、相關論著

前一節以劇本為主，以下試列其相關論述書目如下：

《國小戲劇教材與教學》孫潔編著 臺北市 正中書局 1997.7

《臺北市兒童劇展歷屆評論集》 賈亦棣編著 臺北市 中國藝
　　術中心出版部 1981.1

《兒童戲劇概論》 陳信茂編著 嘉義市 1983.1

《青少年兒童戲劇指導手冊》 臺北市教育局編印 1983.6

《兒童戲劇與行為表現力》 臺北市 胡寶林著 遠流出版事
　　業股份有限公司 1986.2

《教材戲劇化教學研究──腳本編寫示例一百篇》 陳杭
　　生編 板橋市 臺灣省國民學校教師研習會視聽教育館
　　1986.5

《認識兒童戲劇》 鄭明進主編 臺北市 中華民國兒童文學學
　　會 1988、11

《透過編劇的語文教學》 李漢敦著 板橋市莒光國民小學
　　1988.12

《我們只有一個太陽──七十八年度兒童戲劇家研習成果手
　　冊》 臺北市 中華民國兒童文學會編印 1989.12

《演的感覺真好──談兒童戲劇創作》 杜紫楓著 臺北市 富
　　春文化事業股份有限公司 1990.7

《幼兒教育輔導工作研討會論文》 （《幼教學刊》第二集）

臺東市 臺東師專 1990.6

《兒童文學研究——戲劇專集 臺北市》國語實小 1990.2

《兒童文學研究（三）——戲劇專集（2）》臺北市 國語實
　　小 1990.12

《心靈舞臺——心理劇的本土經驗》臺北市 張老師出版社
　　1993.11

《創作性戲劇原理實作》張曉華著 臺北市 黎明文化事業股
　　份有限公司 1996.9

《不是兒戲——鄧志浩談兒童戲劇》鄧志浩口述 王鴻祐執
　　筆 臺北市 張老師文化事業股份有限公司 1997.3

《幼兒藝術教育教師手冊——戲劇篇》總編輯熊宜中 臺北
　　市 國立臺灣藝術 教育館 1998.3

《「臺灣劇場資訊與工作方法」系列叢書——青少年教育劇
　　場工作手冊（十二）》主編邱坤良 行政院文化建設委
　　員會 1998.6

《藝術教育教師手冊——國小戲劇篇》總編輯熊宜中 臺北
　　市 國立臺灣藝術　教育館 1999.3

《1999臺灣現代劇場研討會論文集——兒童劇場》廖美玉主
　　編 行政院文化建設委員會 1999.5

《藝術欣賞課程教師手冊——中學戲劇篇》總編輯熊宜中
　　臺北市 國立臺灣　藝術教育館 2000.9

《偶的天堂》陳筠安、郭淑芸、李明華等著 臺北市 財團法
　　人成長文教基金會 2001.1

《肢體密碼——戲劇輔導手冊》王玨著 臺北市 幼獅文化事
　　業股份有限公司 2001.10

《戲偶在樂園》王添強、麥美玉著 臺北市 財團法人成長文
　　教基金會 2002.2

《愛上表演課》王玥著 臺北市 幼獅文化事業股份有限公司
　　2002.9

《兒童戲劇編寫散論》曾西霸著 永和市 富春文化事業股份
　　有限公司 2002、9

《國民中小學戲劇教育國際學術研討會論文集》總編輯：吳
　　靜琍、張曉華 臺北市 國立臺灣藝術館 2002.12

《兒童戲劇──改編、實驗、創作》陳晞如監製　宜蘭縣礁
　　溪鄉　佛光人文社會學院　戲劇史暨文化研究中心
　　2004.4

《教育戲劇理論與發展》張曉華著 臺北市 心理出版社股份
　　有限公司 2004.6

　　從上述書目中得知：

　　《國小戲劇教材與教學》是目前見到的第一本有關國小戲劇
教學的論著。而《兒童戲劇概論》，則是第一本兒童戲劇的編
著。

　　兒童戲劇因九年一貫課程躍昇為顯學，因而國立臺灣藝術教
育館也因此成為帶動的火車頭。

肆、相關的人物

　　兒童戲劇的推動有賴各方面的配合，其中人更是重要因素之一（註三），以下略述：

一、 李曼瑰

　　李曼瑰可以說是推動臺灣兒童劇第一人。1967年，為了響應文化復興運動擴大舉辦話劇欣賞會，李曼瑰邀吳青萍寫了《皇帝》一劇，並找國語實小的小朋友擔任演員，於兒童節在國立藝術館演出，可說是正式開啟了「自由中國兒童舞臺的先河」，也是李曼瑰推動兒童劇的開始。1968年，獲得了當時臺北市教育局長劉先雲的鼎力幫忙，委託劇藝中心於當年舉辦臺北市國中國小教師戲劇編導演研習會，由各校保送教師九十九人，受訓兩個月。李曼瑰將這些受訓的教師們視為自由中國兒童劇運的第一塊基石。結業之後，有部分學員合力籌組了華夏教師劇團，每年公演話劇，並且協助兒童戲劇。

　　李曼瑰在兒童戲劇的貢獻，除兒童劇運推動之外，並推動創作性戲劇教學。李曼瑰推動兒童劇的終極目的，是希望能將創作性戲劇教學方法帶進臺灣的校園，讓臺灣的小朋友可以透過戲劇，在學校快樂活潑的學習，把功課變成遊戲，把課室變為娛樂的場地，把課本內容編成劇本，親自去扮演歷史或文學故事中的人事物，親自去製作地理課本上的山脈、河流、城市、鄉村、道路、橋樑，一切讓兒童自己自動自發的自由創作，從創作與工作

中學習，而經驗，而記憶，而領悟，而了解。不用靠死背死記，
就能了解記憶。

　　創作性的戲劇教學方法理論可溯源於十九世紀瑞士教育家
裴斯塔洛齊（Johann Heinrich Pestalozzi, 1746-1827）的「具體
課業」，十九世紀末傳入美國，經過杜威（John Dewey, 1859-
1952）等人的實驗和倡導予以發揚光大，1930年代西北大學講師
吳愛德女士將其教育理論與實施經驗編成《創作性的戲劇活動》
一書，至此，此一教學方法引起廣大的注意，經過一番的鑑定與
推動之後，遂成為風行世界的教育潮流。這個教學法經由李曼瑰
的引介而出現在臺灣這塊土地上，然而整個的社會與環境並未給
予它一個適於成長的土壤。（註四）

　　如今，九年一貫教育政策，始致力於校園中推動藝術與人文
教育課程，才將表演藝術正式納入國教課程，並注重創作性戲劇
教學。

二、 曾西霸

　　曾氏，目前任教於世新大學廣播電視系，是國內資深的影評
人。

　　曾氏於1984年曾擔任臺北市「兒童青少年劇展」講座及評
審。同年，中華民國兒童文學學會成立，曾氏參入學會，並參與
編《認識兒童戲劇》，策劃「兒童戲劇研習營」等相關，於是加
深對兒童戲劇的認識與研究，1998年主編《粉墨人生》，2002年
9月出版《兒童戲劇編寫散論》。

三、　張曉華

　　張曉華，紐約Sehump學院戲劇教育學碩士，自1976年迄今，均擔任教職，目前任教於國立臺灣大學戲劇系。

　　張曉華從《創作性戲劇原理與實作》（1996.9）到《教育戲劇理論與發展》（2004.6），幾近十年的時間再度深入兒童戲劇的領域。

　　2000年教育部公布「國民教育九年一貫課程暫行綱要」中，首度將戲劇納入國民義務教育「藝術與人文」領域的表演藝術學習與統整」教學之中，並自2002年展開實際的學校課程之教學。而張曉華自九年一貫教育政策在擬定執行方案之階段時，即開始參加與「藝術與人文學習領域」的相關工作。先後在政策制度方面參與了：「課程暫行綱要」、「教科書審查標準與規範」、「任教專門課目認定」的研擬工作；在推廣發行方面有：「課程設計手冊」、「教育策略及應用模式」、「教學媒體影帶」的研究開發工作；在教育執行方面則有：「教科書審查」、「種子教師培訓」、「學術研討會」、「教師研習工作坊」等各項工作。

四、　林玫君

　　林玫君，亞利桑納州立大學戲劇系創作性兒童戲劇組碩士，亞利桑納州立大學學前教育博士。回國後任教於臺南師院幼教系。

　　2002年籌設戲劇研究所，2003年招收第一屆學生。該所發展方向與重點如下：

本所之設立以「戲劇」為主軸，且以課程與教學為發展
之依歸，藉現有課程與教師師資及相關資源提供未來發
展戲劇教育於九年一貫課程之師資與研究。本所設立之主
要目的不單只是培育從事「表演藝術」的工作者，而是因
應九年一貫之教育理念與實施，擬結合本校已有之師資基
礎，統整戲劇與教育、課程與教學、心理與發展、文化與
社會、人文與藝術等基本課程，針對戲劇教育之實施與專
業人才之養成，進行培訓與研究之工作。有鑑於此，擬於
九十二年度成立「國立臺南師範學院戲劇研究所」，以提
供九年一貫課程必要的師資與課程的需要。本所之發展將
以戲劇應用於教育之理論與實務課程發展為主軸，並配合
本土和多元文化的內容，以戲劇教育為方法並以劇場藝術
為媒介，培養能結合理論、研究、課程與教材，並進行研
究工作。基於上述理由，本研究所發展之重點如下：

一、提供戲劇/劇場之進階課程，培養高等教育的教學師
　　資與研究人員。

二、傳達正確的戲劇教育理念與並能將之堆廣於國中小學
　　及幼稚園師資訓練課程中。

三、提供發展、教學原理與統整課程等專業教育課程，研
　　發九年一貫相關之課程與教材。研究如何以戲劇動統
　　整中小學課程或將戲劇活動融入語言、社會、自然、
　　數學、鄉土教育、資訊媒體及幼教及特教等相關領域
　　中。

四、提供人文、本土與多元文化之研究課程，鼓勵進行本

土及多元文化與戲劇教育結合之相關研究。

五、提供家庭、學校與社區連結之研究課程，結合家長、
學校行政與社區地方的資源，進行推廣與研究之工
作。

六、整合南部地區劇場之相關人力物力，提供劇場藝術家
進修管道，促進藝術家進駐學校之方案。

七、定期舉辦戲劇教育國際性研討，協助國內研究社群的
國際化。（註五）

可見該所以兒童戲劇為主。

五、王友輝

王友輝，藝術學院戲劇研究所碩士。

王友輝能創作、編劇、導演與演員，是「戲劇全才」。（註六）2001年4月出版劇作選輯《獨角馬與蝙蝠的對話》四冊（天行國際文化事業有限公司），其中《劇場童話》一冊是兒童劇本。曾西霸於〈在劇場中為兒童織錦的精靈〉一文中云：

友輝在劇場內為兒童織錦，作品由青澀到成熟過程以如前所述；我作為友輝近廿一年的師友，最大的感慨是：這個劇場精靈竟已久不彈此調，本冊中的最晚作品《快樂王子》，完成於1991年，距離現在正好十年，友輝在【劇場童話】的序文中，有著如此的自說：「……我記憶中的童話和神話裡故事和人物，從此跳上舞臺，成為劇本創作中最令自己喜悅歡愉的形式和題材。」果真如此，至盼友輝

　　莫忘初衷，盡快再度提筆上陣，許我們一個屬於兒童戲劇
的未來！（見《童話劇場》，頁6）

　　2003年8月，王友輝應聘至臺南師院戲劇研究所任教。該所
發展以兒童戲劇為主，王友輝理當不忘初衷，屬於他的兒童戲劇
的未來，已是歷歷在眼前。

伍、結語

2004年7月225期《文訊》，有專題〈舞臺上的本事：劇作文學〉。其間，除〈黃春明：悠遊於文學與戲劇〉一文外，皆不涉及兒童戲劇。綜觀臺灣兒童戲劇的發展，研究與劇本之出版似乎不多，雖然有行政體制的推動，卻缺乏專業的研究機構，且本身亦執著創作性的教育功能，如今有九年一貫「藝術與人生」的帶動，再加上臺南師院戲劇研究所的成立，期望臺灣的兒童戲劇能邁向學術性、藝術性與文學性。

附註：

註一：詳見《臺北市話劇史九十年大事記》黃仁著 亞太圖書出版社 臺北市 2002.9 頁299。

註二：有關李曼瑰與兒童戲劇相關部分，皆參見《李曼瑰》一書（李皇良著 臺北市 國立臺北藝術大學 2003.7），頁118～128。

註三：如黃美序、司徒芝萍等人長期以來都關注兒童戲劇，但未見有關兒童戲劇的結集出版。

註四：同註一，頁120。

註五：以上資料見該所網站介紹。

註六：有關王友輝與兒童戲劇相關部分，皆參見〈附錄：在劇場中為兒童織錦的精靈〉一文（《兒童戲劇編寫散論》曾西霸著 臺北市 富春文化事業股份有限公司2002.9 頁125～128。）

（本文分兩次刊登於《中華民國兒童文學學會會訊》，上篇

2004年11月刊登於第20卷第6期，頁2～6；下篇2005年1月刊登
於第21卷第1期，頁20～23）

臺灣兒童閱讀的歷程

壹、前言

　　曾子曾說：「君子以文會友，以友輔仁」（《論語》〈顏淵篇〉）似乎是我國最早的雛型讀書會。學者透過話語、論述、對話，進而尋求溝通或共識。只是封建、保守的過去，執政者時常透過制式的學習場地，進行制式的教育。然而，「以文會友，以友輔仁」的話語，卻仍不斷。也就是說，在以前，讀書會曾是莫虛有的羅織罪狀的理由之一。曾幾何時，讀書會則成為二十一世紀的新主張，也是生活的另一選擇。讀書會能名正言順的立足於當下社會，可見我們的生活素質已在往上提升。

　　本文旨在敘述臺灣地區有關讀書會、兒童閱讀的種種因緣，以及其推廣過程，其目的在提供借鏡，重現歷史與記憶。大體上一個國家兒童讀物出版與品類的多寡，以及讀物品質的高低，正反應出該國的經濟發展，以及文化與技術的進步程度，同時，更是該國文化素養與國民教育的指標。

　　又文末附有臺灣地區與閱讀相關書目，以供有心者參考。

貳、來自覺醒的活力

　　讀書會的成立，自與政治、社會與經濟息息相關。就大趨勢而言，1970年以後，已是顯著的回歸寫實與本土化。這種本土化的風潮，將之置於臺灣整體的社會歷史脈絡中考察，再以阿圖塞（L. Althusser）的社會形構概念、葛蘭西（A. Gramsci）的文化霸權和愛德華‧薩伊德（Edward M Said）的後殖民觀點視之。自能了解這種本土化的趨勢。這是自我覺醒的時期，其關鍵在於國際間政治性的衝擊：

　　1970年11月－釣魚臺事件。

　　1971年10月－政府宣布退出聯合國。

　　1971年12月－臺灣長老教會發表國是聲明，希望臺灣變成「新而獨立」的國家。

　　1972年2月－美國總統尼克森和周恩來發表《上海公報》。

　　1972年9月－日本承認中共，同時廢除中日和平條約。

　　1975年4月－蔣介石去世。

　　1978年　－中美斷交。

　　1979年12月－發生高雄事件。

　　這些衝擊提高了反省的層次，也使得社會上層建築的文化掀起了壯大的覺醒運動。尤其是1980年代以來的臺灣，無論在國際或國內政治、經濟、社會或文化方面，都面臨激烈的變遷且遭遇到強烈的挑戰。面對這些挑戰與變遷，本土意識因此而勃興，並促使知識份子開始嚴肅思考作為文化主體地位的意涵。所謂「命

運共同體」、「臺灣優先」、「社區主義」……等觀念紛紛湧現。個人認為讀書會的崛起，是在這股本土意識的覺醒的結果。只是，這些果實是政府藉民間力量，大幅昂揚的結果。

1982年學者林明德呼籲「書香社會」，主張以書櫥代替酒櫥。而經濟學者高希均更是一直鼓吹書香社會與讀書運動。而民間，亦已經有人蠢蠢欲動想成立讀書會。陳來紅於《袋鼠媽媽讀書會》一書中有云：

> 記得在民國七十三年（1984年），我們結合一些家長和功文數學的輔導員，並聘請當時甫學成回國的柯華葳博士，為我們開設一系列「父母效能訓練課程」。課程告一段落，楊茂秀教授在柯博士的轉介之下，為我們主持為期一年多的「教育哲學課程」。
>
> 由於柯博士的提醒，筆者特別留意楊教授上課時的過程和方式。兩位學者看似「散漫」的討論，其實是以「深入淺出」的方法，將學理與生活體驗融合。他們特別珍惜這群媽媽們的親身經驗，也由於他們的鼓勵與支持，有些學理得以在日常生活靈活應用，而受惠很多。
>
> 七十四年筆者在柯博士鼓勵之下，以「媽媽充電會」之名，跨出勇敢的第一步，自組讀書會。一群原來只是學習功文數學的家長所組成的讀書會，由於其中一位在報紙上寫了文章，結果引來許多渴望加入的朋友。就這樣一群又一群的流轉，最多曾有三組讀書會的媽媽集結，那時還勞駕李雅卿女士幫忙主持，才能滿足這麼多想加入讀書會的媽媽們呢！

　　七十六年六月，雕塑家曾文傑先生曾應邀到讀書會，教導
媽媽們製作「紙黏土」。他很意外這群媽媽竟然可以帶
著稚子求學，感動之餘，特別為這群身懷有幼子的媽媽
團體，命名為「袋鼠媽媽」，大家一聽，欣然就將「充電
會」正式易名，以為紀念。（1997年2月毛毛蟲兒童哲學
基金會出版，頁20~24）

　　陳來紅似乎也因此走入了社區文化的推廣活動。而楊茂秀早
已於1979年2月將兒童哲學的第一本教材《哲學教室》譯為中文
（臺灣學生書局印行）。並以點狀式的在一些幼稚園散播了它的
種子。為了更進一步推廣兒童哲學，楊茂秀將原來的毛毛蟲兒童
哲學工作室擴展為「財團法人毛毛蟲兒童哲學基金會」，在1990
年3月正式成立運作，並於同年舉辦第三屆國際兒童哲學會會議。
　　在臺灣因讀書會而有故事媽媽。而臺灣地區推動故事媽媽活
動，最早也最廣的機構即是「毛毛蟲兒童哲學基金會」，從1995
年開始，毛毛蟲兒童哲學基金會安排一系列的故事媽媽研習課
程，有系統的培訓故事媽媽。1997年起連續5年承辦行政院文化
建設委員會「書香滿寶島故事媽媽研習計畫」，於臺北縣等九大
縣市培訓故事媽媽，參與培訓之故事媽媽人數多達千人。經過培
訓後一批批的故事種子即刻回到學校、社區為孩子說故事、或帶
領兒童讀書會。同時毛毛蟲兒童基金會更鼓勵媽媽們組織化從事
服務推廣，因此各地之故事媽媽團體及故事協會，如雨後春筍般
陸續成立，也帶動閱讀熱潮。
　　目前推動說故事活動的團體除了各縣市已經正式立案的七個
「故事媽媽協會」及鄉鎮社區、學校所組成「故事媽媽團」。另

一重要團體即是，由兒童文學工作者林真美所發起，致力推廣的社區親子共讀的組織，從1994年開始至今，北部及中部地區至少成立了十五個以上社區「小大讀書會」，成員以親子為主。讀書會裡包含親子共讀繪本、大人討論等。

「貓頭鷹故事團體」咕！咕！咕！貓頭鷹圖書館開門大吉。由李苑芳所帶領，從臺北縣永平國小和積穗國小故事媽媽的「貓頭鷹劇團」開始。他和一群志同道合的故事媽媽們，成立了「中華民國貓頭鷹親子教育協會」，同時在臺北市福州街國語日報社對面的地下室找到了「貓頭鷹」的窩，除了培訓說故事的義工外，也將「貓頭鷹」一顆快樂的心深入社區書局、醫院兒童病房、圖書館兒童閱覽室，他們甚至進錄音間為視障的孩子錄故事，也在廣播電臺為孩子在空中說故事。他們自勉要有貓頭鷹的寬廣視野，能夠看清四面八方，隨時搜尋需要幫助的孩子。

又出版社也加入推動讀書會的行列，其中，以天衛文化出版社最為投入。

另外還有宗教團體的故事媽媽，如佛教團體的慈濟故事媽媽和基督教團體的彩虹媽媽。透過固定的故事題材，傳遞宗教之導人向善目的。

許多企業也透過親子說故事推廣兒童閱讀，如誠品書店在兒童館、童書區除了有專職的童書企畫外，許多門市人員也具有說故事能力，同時每個兒童館都有不同的特色，就拿敦南店來說，有固定的說故事時間，不定期舉辦的兒童讀書會、親子故事等課程。同樣的東方出版社的兒童館也都有說故事的活動。而信誼基金會，近年來更推動「阿公阿媽講古」，將親子故事延伸至祖孫三代。（以上見盧彥芬碩士論文《故事媽媽照鏡子》，頁8~9。）

參、公家機構的介入

　　在本身意識覺醒之時，政府借力使力，且大幅昂揚。其實，1984年12月7日，當時臺灣省主席邱創煥在省議員質詢的時候表示，省府將以「書香」來提升省民生活品質，而且要在五年之內，使臺灣省的每一個鄉鎮市都有一座圖書館，讓民眾有多看書、多唸書的機會與地方，這樣才能培養全民讀書風氣，成為一個書香社會。

　　由於在上位者的推波助瀾，90年代以來更蔚為時尚，其間最大的力量來自前總統李登輝。李前總統於1997年，在幾樁重大刑案發生後，開始倡導「心靈改革」運動。於是相關公家機構應聲而起，而所謂公家機構有三：

　　1. **行政機構**：包括教育部、文建會、臺灣省教育廳。1994年教育部召開全國教育會議，提出將以推展終身教育作為教育發展藍圖，並將讀書會列為終身教育的具體措施，1995年提出《中華民國教育白皮書──邁向二十一世紀的教育願景》，設定社會教育的主要課題及發展策略。「規劃生涯學習體系、建立終身學習社會」的前瞻性作法。1996年行政院教育改革審議委員會，提出《教育改革總諮議報告書》，具體建議以「推動終身教育，建立學習社會，落實教育改革」的具體政策。教育部定1998年為「終身學習年」，並提出《邁向學習社會》的白皮書，積極推展終身教育，建立學習社會。1995年省教育廳也將讀書會列為社教工作重點。文建會於1994年提出「社區總體營造」計畫，作為施政重

點，並研定「社區文化活動發展」、「輔導縣市主題展示館之設立及文物館藏充實」、「充實鄉鎮展演設施」、「輔導美化地方傳統文化建築空間」四項計畫，列為行政院12項建設計畫推動。自林澄枝主委上任以來，即戮力推動書香活動，希望能透過各種活動之推廣，淨化大眾，進而培養讀書風氣。從1996年起，更推動「書香滿寶島」之文化植根工作計畫，並於1997年舉辦第一屆全國讀書會博覽會，將讀書會的輔導視為主要工作。

2. **學術機構**：以臺灣師範大學成人教育研究中心及高雄師範大學成人教育中心為主。重點在讀書會種子培訓及研究推廣工作。

3. **文教機構**：如省市鄉鎮區圖書館、縣市文化中心、省市社教館等推動成立的讀書會。

在各種公家機構中，以臺灣省立臺中圖書館和臺灣師範大學成人教育中心最為耀眼。

臺灣省立臺中圖書館讀書會的成立，係緣於1992年時，因邀請「全興工業」及「知行會」負責人就企業界讀書會設立宗旨、組織、運作方式與成長經驗，做專題演講時，深感社教單位應負擔起積極推動「書香社會」的角色，隨即成立工作小組，進行籌畫工作，並於1992年11月成立。讀書會的目的，希望能透過健全的組織、積極的運作，使民眾定期研讀好書；藉討論的方式培養會友思考與判斷能力，並透過報告心得，加強語文組織能力及表達能力。

會中組織十分完善，會員的報名條件亦不嚴苛，只要年滿十五歲，喜愛讀書的民眾，都可以報名參加。會中各組行政人員由臺中圖書館之館員兼任；會長一人、副會長二人，由全體會員

就參加讀書會一年以上的資深會員中選舉；執行秘書一人，由會
長遴選產生；各組置組長、副組長、會計一人，由組員相互推選
產生，任期皆為一年。

目前讀書會會員總計205人，分為七組，包括教育心理A、B
組、及文學組、哲學組、生活保健組、社會組、藝術組等。1994
年為了讓讀書會的活動能往下紮根，再成立「小朋友讀書會」，
以國小五、六年級學生人數25人為限，由義務服務人員指導閱讀
事宜。藉此全面性推動讀書會活動，期能養成民眾讀書習慣，擴
充知識領域。

省立臺中圖書館的特色是發行《書評雜誌》雙月刊。不但由
會員提供心得報告，並邀請指導委員指正讀書心得報告內容，再
刊載於〈讀書園〉單元中，與讀者分享好書。

至於臺灣師範大學成人教育中心，可說是執臺灣地區讀書會
的牛耳，更造就一位讀書會專家邱天助。

臺灣師範大學成人教育研究中心，於1993年開始投入社區讀
書會的研究與實驗。在教育部、文建會等單位的大力支持下，再
加上邱天助個人的熱忱與投入，讀書會竟然蛻變為生活的另一種
選擇，且於1997年元月16日成立「中華民國讀書會發展協會」，
並於7月發行革新版第一期《書之旅》讀書通訊月刊，在協會成
立之前，臺灣師範大學成人教育研究中心於發展讀書會的工作成
果有：

1993年	培訓第一期社區婦女讀書會領導人25人（基礎班）
1994年	培訓第二期社區婦女讀書會領導人23人（基礎班） 培訓第三期社區婦女讀書會領導人25人（基礎班） 協助辦理宜蘭、苗栗文化中心培訓讀書會領導人 辦理第一次「書與人對話」座談會
1995年	培訓第四期社區婦女讀書會領導人22人（基礎班）
	第一、二期學員進階班培訓
	協助北縣、竹縣市、桃園文化中心培訓領導人
	辦理第二次「書與人對話」座談會
	《書之旅讀書會通訊月刊》第一期發刊
1996年	辦理文建會全國社區讀書會領導人培訓48人
	協助北市圖書館、教育局培訓讀書會領導人
	協助高雄縣、彰化縣文化中心培訓讀書會領導人
1997年	辦理第一屆全國讀書會博覽會
	元月出版《讀書會專業手冊》（張老師出版社）

（詳見革新號1997年7月第十卷第1期《書之旅》讀書會訊月刊，頁5）

　　「中華民國讀書會發展協會」的成立，是以師大成人教育研究中心結業130位讀書會領導人及邱天助為主的一群人，認為讀書會的發展將正式邁入成熟發展階段，無論是輔導讀書會的成立、拓展讀書會參與層次、或是提供讀書會的專業資訊，讀書會的發展極需要一個更專業、更獨立的團體來推動，於是這群人在邱天助的指導之下，所謂的「讀書會發展協會」與文建會聯手推出新網站「全國讀書會網路聯盟」，為讀書人提供24小時的新書評介、討論與訊息交流。

　　「全國讀書會網路聯盟」的網址：www.readclub.org.tw。固定的內容包括每月的暢銷書介紹、討論，並由專家撰寫書籍的評介。其次，這個網站固定邀請作家回答網友提出的問題，建立作者與讀書對話管道。當然，還有經營、設置讀書會的方法服務，及各地讀書會的活動訊息報導。

　　於是，所謂的閱讀運動，或新閱讀主義，似乎亦真的於焉形成。

　　在臺灣地區讀書會的形成、發展與演進過程中，我們知道其緣起是始於媽媽的讀書會。不同的女性來來去去，相同的是，初時戰戰兢兢、缺乏自信、不擅表達，在往後互愛、互信、互助的交流下，加上知識、觀念的洗練，經驗的協助，漸漸的學會愛自己，找到真正令自己開心的法門，也是女性自覺的開始。回首來時路，不得不佩服陳來紅、楊茂秀與毛毛蟲兒童哲學基金會的前瞻與付出。

肆、2000年開步走

　　在產、官、學的齊力推動之下，閱讀儼然成為運動，而讀書會更蔚為風氣，依據1996年的調查，臺灣讀書會團體約有七百多個，但依據文建會《1999全國讀書會調查錄》（1999年6月主辦單位國家圖書館）總共蒐集了1694個讀書會通訊資料，並且有系統的介紹各讀書會的成立簡史，活動概況、閱讀書目、特色等等。而這些都還是與政府有聯繫的讀書會團體的統計，若包括一些隱性的團體在內，實際上當時約有六千個以上的讀書會團體存在。

　　文建會主委林澄枝上任後，把「書香滿寶島」列為重點工作計畫，希望帶動國人的閱讀風氣，為了取法國外經驗，1999年1月中旬，並邀請國內讀書會負責人組成「文建會讀書會領導人觀摩考察團」，由林澄枝率團前往日本名古屋、京都、東京等地訪問。觀摩的讀書會包括以一個家族、一個歷史人物為討論主題的美濃源氏論壇、佐藤一齋研究會，由企業文化延伸的PHP研究所、松翁會，以及以青年學子為對象的「全國學校圖書館協議會」等。

　　一趟日本行，讓文建會主委林澄枝印象深刻，也決定將西元2000年訂為「兒童閱讀年」，把日本經驗轉化成為實際行動。文建會初步構想的「兒童閱讀年」計畫，包括：充實全國文化中心圖書館原有兒童閱覽室設備並舉辦相關活動；規畫成立專業功能的「兒童文化館」；針對視障兒童製作有聲書；2001年全國讀書

會博覽會設立兒童主題館；製作兒童文化傳播節目；尋求與教育
部合作，鼓勵國小利用早上上課前時間閱讀課外讀物的「晨間共
讀運動」；繼續推動「故事媽媽，故事爸爸」工作；利用寒暑假
辦理「文化休閒列車──親子遊」活動，鼓勵親子閱讀（參見聯
合報1999年2月5日記者李玉玲報導）。

　　而文建會委託臺東師院兒童文學研究所的《臺灣地區兒童閱
讀興趣調查研究》（2000年2月）、《臺灣（1945～1998）兒童
文學100》（2000年3月），也適時出爐。

　　又曾志朗於2000年5月接任教育部長，即宣示上任之後第一
件事是要發起推動全國「兒童閱讀運動」。

　　其實，臺灣兒童閱讀的推動，其隱藏的動力，或與兒童文學
有關。在臺灣，兒童文學似乎一直被認為是邊緣課程。就以師範
學校而言，始於1960年7月省師範學校陸續改制為師專，在師專
的語文組開設有「兒童文學」選修課程。1973年度，廣播電視曾
播授師專「兒童文學」課程，由市北師葛琳教授主講。兒童文學
於是深入各小學，曾蔚為寫作的風氣。

　　直到1987年月1日起，九所省市師專一次改制為師範學院。
在新制師院的一般課程，列有兩個學分的「兒童文學」，且是師
院生必修科目。1993年，空中大學人文系開「兒童文學」供學生
選修。

　　於是，長期潛隱的能量遇曾志朗部長而爆發。教育部於2000
年7月19日召開部務會議，通過「全國兒童閱讀實施計畫」。實
施期程自2000年8月至2003年8月，為期三年。教育部推動兒童閱
讀運動其計畫目標在於：

一、營造豐富的閱讀環境，奠定終身閱讀習慣與興趣。

二、培養兒童閱讀能力，使融入學習經驗與生活脈絡。

三、發展思考性的閱讀，增進兒童創造思維的能力。

四、增進親子互動關係，建立學習家庭並健全其生活。

（全國兒童閱讀實施計畫修正版　教育部　臺北市 2002.1　頁1）

　　而其推廣的對象是包括幼稚園、國民小學學童及其家長與教師。擬藉由媒體的宣傳、相關活動如舉辦座談會、種子教師研習、充實閱讀環境等方式著手，增進民眾對閱讀活動的重視，進而將閱讀推展成為全民運動。

　　所謂的兒童閱讀運動於是乎如火如荼展開，而後來的聲勢雖因曾部長下臺而受挫（繼任部長黃榮村於2002年2月上任。）但所謂的兒童閱讀則已根植。

　　如今，新任教育部長杜正勝又在推動兒童閱讀。2004年7月26日《國語日報》第一版〈教部推動兒童閱讀，每年深耕一百校，新學年新策略，動員替代役男及民間志工進校園帶領閱讀〉，記者陳康宜報導全文如下：

　　教育部為了推動「全國兒童閱讀計畫」，從九十三學年度起，將從拓展推動閱讀人力著手，每年選擇一百所焦點學校，在校內投注替代役、知識青年志工，以及民間閱讀團體（如社區媽媽）等人力，除繼續推動兒童閱讀外，更希望兒童閱讀的計畫能深入偏遠地區。

　　教育部繼連續四年每年編列三千萬元，充實各國小幼稚園

圖書資源後，從下學期起將調整推動兒童閱讀的策略。教
育部國教司司長吳財順說，每年選擇的一百所焦點學校將
以教育部優先區學校為主，並扣除民間團體已經協助的部
分，務必讓各個偏遠地區學校能夠獲得更多資源。

吳財順司長說，這項計畫將以跨部會方式進行，由於目前
到校服務的替代役為四百名左右，與實際擁有教師證的兩
千名役男，還有一段距離，因此，將在近期內與國防部洽
談，希望自明年開始逐年增加替代役到校服務的人數。

另外，由青輔會推動的知識青年志工，也將以營隊方式帶
領學童閱讀。而一直在民間努力推動閱讀的團體如社區媽
媽等，則會展開巡迴講座，希望能吸引更多小朋友加入閱
讀行列。

伍、兒童閱讀原則

　　個人認為閱讀的本質是一種互動，一種休閒和遊戲，是一種瞎子摸象式的探索與嘗試；更是一種終生的本能行為或習慣。

　　而所謂的兒童閱讀，並非運動所能促成。對兒童而言，閱讀是本能，是遊戲，只要可以舞動、品嚐、觸摸、傾聽、觀察，並且感覺周遭的各種訊息，孩子們幾乎沒有任何學不會的事情。因此，兒童的閱讀，其關鍵在於有協助能力的大人。我們知道，每次閱讀時，總是循著一定的循環歷程。

　　其間的每一個環節都牽動著另一個結果，而這並不是由甲到丁這樣是一個週而復始的循環；所以開始正是結果，而結果又是另一個開始。艾登・錢伯斯（Aidan Chambers）於《打造兒童閱讀環境》（許慧貞譯，天衛文化圖書有限公司，2001.1）中，將其「閱讀循環」圖例如下：

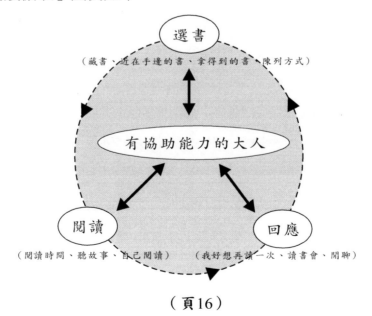

（頁16）

　　申言之，兒童閱讀對父母與教師而言，個人看法如下：

一、 三項基本認識

　　1. **重視閱讀指導**。自1996學年度第一學期（8月）起實施的國民小學課程標準中，已有「課外閱讀」。是以加強閱讀指導乃是必然，亦是必須。

　　2. **從兒童文學作品切入，其間又以繪本為先**。我們沒有辦法強迫兒童閱讀他不喜歡的書。只有「樂趣」的兒童文學作品，才容易激發兒童禁不住要閱讀的動機。

　　3. **親子共讀**。不只是單篇短文的共讀，更要邁向長篇且長時間的共讀。

二、 執行原則

　　在於「以身做則」與「認清對象」。只要師長能有閱讀習慣，並能提供閱讀環境，自然會有喜歡閱讀的兒童。同時，更當認清兒童閱讀需求；我們要明白成人感受的閱讀樂趣在性質上是跟兒童有所區別。

　　我們相信孩子是上天賜給父母的恩寵，以孩子的心，孩子的情，寬廣的愛去教育孩子，就是回饋上天禮物的最好表現。

　　父母、教師如果懂得經驗自己和經驗環境，是啟發孩子良好性格的動力。其實，經營之原則和方法，是建立在愛、尊重與肯定；更簡單的是老生常談的「以身作則」。

　　是以所謂的兒童閱讀，即是在於閱讀環境的營造。在營造中以身作則，在營造中重視主體性與自主性。於是，所謂的兒童閱讀自能有文化傳承的共同記憶。

陸、結語

　　眼見大陸地區教育的變革與課程的開放，並見許多兒童文學工作者已參與課本的編寫。所謂的知識經濟的認識，以及終身學習的理念，亦已逐步落實。而加速落實，則以兒童閱讀為先。願以此共勉之。

附錄
1945年以來臺灣地區與
閱讀相關書目

序號	書刊名	作者／編者／譯者	出版地	出版者	出版年月	頁數
1	怎樣講故事	王玉川 編著	臺北市	國語日報附設出版部	1961.5	392
2	國民小學圖書管理與閱讀指導	陳思培 編寫	臺北縣	臺灣省國民學校教師研習會	1969.3	109
3	兒童讀物的寫作	林守為 著	臺南市	作者自印	1969.4	149
4	知識誕生的奧祕	梅棹忠夫 著／余阿勳、劉焜輝 譯	臺北市	晨鐘出版社股份有限公司	1971.4	147
5	怎樣講故事說笑話	祝振華 著	臺北市	黎明文化公司	1974.4	104
6	如何誘導孩子讀書	光永貞夫 著／力爭 譯	臺北市	鹽巴出版社	1976.9	216
7	兒童閱讀研究	許義宗 著	臺北市	臺北市立女子師專	1977.6	64
8	讀書隨感 ── 傑出的讀書指南	赫塞 著／李映萩 譯	臺北市	志文出版社	1977.6	235

序號	書刊名	作者／編者／譯者	出版地	出版者	出版年月	頁數
9	怎樣對兒童講故事	徐飛華 著	臺北市	五洲出版社	1977.8	158
10	有效的讀書方法	長青 編	臺北市	遠流出版社	1977.10	148
11	讀書與人生	小林秀雄等著／洪順隆 譯	臺北市	志文出版社	1977.12	282
12	說故事	艾蓓德 著／胡美華 譯	臺東市	財團法人基督教中國主日學協會出版社	1979.2	224
13	怎樣指導兒童課外閱讀	邱阿塗 著	臺中縣	臺灣省政府教育廳	1981.3 增訂版，1971.3 出版	62
14	讀書的樂趣	T.V史密斯等著／蔡豐安 編譯	臺北市	大漢出版社	1981.4	179
15	有效讀書法	雷恩&凱爾森 合著／教育研究中心 譯	臺北市	淡江大學出版中心	1981.8	48
16	青少年書房	林雙不 著	臺北市	爾雅出版社	1981.10	248
17	讀書與考試	劉兆明、余德慧、林鎮西等著	臺北市	張老師出版社	1982.6 初版；1983.2 增訂一版；1985.7 增訂再版	139

序號	書刊名	作者／編者／譯者	出版地	出版者	出版年月	頁數
18	好孩子閱讀指導	蘇尚耀 編著	臺北市	聯廣圖書公司	1982.8	149
19	閒情	陳銘磻 主編	臺北市	出版街雜誌社	1983.3	205
20	大書坊	梁實秋 等著	臺北市	聯合報社	1984.7	370
21	我最喜愛的一本書	薇薇夫人 主編	臺北市	國語日報附設出版部	1984.12	239
22	百篇作家讀書記 ── 風簷展書讀	夏祖麗 編	臺北市	純文學出版社	1985.1	609
23	讀書方法	史塔頓（Thomas F. Staton）著／李鴻長 譯	臺北市	聯經出版事業公司	1985.4	69
24	讀書這玩意兒	楊牧谷 著	臺北市	校園書房出版社	1985.7	223
25	讀得更好‧讀得更快 ── 有效閱讀的最新方法	德立弗 著／黃慧真 譯	臺北市	桂冠圖書股份有限公司	1985.9	291
26	幼稚園兒童讀物精選	華霞菱 著	臺北市	國語日報附設出版部	1985.12	189
27	讀書樂 ── 書評書目選集	林景淵 選編	臺北市	財團法人洪建全教育文化基金會附設書評書目出版社	1986.3	286

序號	書刊名	作者／編者／譯者	出版地	出版者	出版年月	頁數
28	書中書	苦苓 著	臺北市	希代書版有限公司	1986.9	249
29	一本好書	周錦 著	臺北市	美國 舊金山加州州立大學中國現代文學研究中心	1987.3	254
30	琦君讀書	琦君 著	臺北市	九歌出版社有限公司	1987.10	285
31	如何在空大有效學習	國立空中大學研究處	臺北縣	國立空中大學	1988.4	206
32	為孩子選好書	曹之鵬、王正明 等著	臺北市	時報文化出版企業有限公司	1988.10	166
33	為孩子選好書	林玉體 主編／曹之鵬、王正明 著	臺北市	時報文化出版企業有限公司	1988.10	166
34	說故事的技巧	陳淑琦 指導／文化大學青兒福系兒童讀物研編中心撰文	臺北市	時報文化出版企業有限公司	1988.11	210
35	中華民國兒童文學學會兒童閱讀指導學術研討會手冊	鄭明進 主編、洪文瓊 策劃、林武憲 等著	臺北市	中華民國兒童文學學會	1989.12	98
36	兒童閱讀指導學術研討會手冊	林武憲 等著	臺北市	中華民國兒童文學學會	1989.12	98

序號	書刊名	作者／編者／譯者	出版地	出版者	出版年月	頁數
37	圖書館與閱讀指導	胡鍊輝 編著	臺北市	臺灣書店	1989.12	260
38	讀書術	林鬱 主編	臺北市	新潮社文化事業有限公司	1990.1	167
39	兒童書的排行榜（兒童閱讀趣向調查研究報告）	邱阿塗 編著	宜蘭縣	宜蘭縣國民教育輔導團	1990.2	148
40	幼兒閱讀現況調查研究	信誼基金會學前兒童教育研究發展中心	臺北市	信誼基金會	1990.5	105
41	學海無涯	自由青年 主編	臺北市	正中書局	1990.9	145
42	親子共擁書香	吳幸玲、吳心蘭、陳玟如、楊錦鑾等著	臺北市	牛頓出版股份有限公司	1991.4	210
43	書夢──與小朋友談讀書樂	林煥彰主編	臺北市	正中書局	1991.4	142
44	有效的讀書方法	小林良彰 著／陳麗惠 譯	臺北市	幼獅文化事業公司	1991.4	114
45	兩歲小孩會讀童話書	陳惠珍、蔡燈鍬 編著	臺北市	大唐出版社	1991.5	180
46	書香與社會	行政院新聞局 編印	臺北市	行政院新聞局	1991.9	86

序號	書刊名	作者／編者／譯者	出版地	出版者	出版年月	頁數
47	書緣	劉小梅 著	臺南市	中華日報出版部	1992.2	245
48	適合大專學生閱讀之文藝作品調查研究	國家文藝基金管理委員會	臺北市	國家文藝基金管理委員會	1992.5	145
49	培養愛讀書的孩子	陳龍安 主編	臺北市	漢禾文化	1993.1	183
50	袋鼠媽媽讀書會	陳來紅 著	臺北市	毛毛蟲兒童哲學基金會	1993.8	162
51	孩子一生的閱讀計畫	林滿秋、馬念慈 撰文	臺北市	天衛文化圖書公司	1993.11	254
52	傳燈	陳來紅 著	臺北市	毛毛蟲兒童哲學基金會	1993.11	159
53	如何教寶寶讀童話書	蔡鐙秋、陳惠珍編著	臺北縣	世茂出版社	1993.12	185
54	書架上的精靈──創意閱讀指導	吳美玲 編著	臺北市	紅蕃茄文化事業有限公司	1994.1	147
55	童書非童書	黃迺毓、李坤珊、王碧華 等著	臺北市	財團法人基督教宇宙光傳播中心出版社	1994.5	281
56	兒童圖書的推廣與應用	洪文瓊 著	臺北市	傳文文化事業有限公司	1994.6	121
57	如何做個快樂的讀冊人	郭良蕙 等著	臺北市	開今文化事業有限公司	1994.12	183

序號	書刊名	作者／編者／譯者	出版地	出版者	出版年月	頁數
58	親職教育讀書會帶領人訓練手冊	社會教育館	臺北市	社會教育館	1994.12	75
59	有效的讀書方法	陳家莉 著	臺南市	麗文文化事業股份有限公司	1995.5	63
60	我說故事給你聽	李彩鑾 著	臺北市	交通部郵政總局	1995.7	91
61	童書王國	黃宣勳 主編	臺北市	正中書局	1995.8	135
62	我的讀書週記	沙永玲 總編輯／趙永芬 撰文	臺北市	天衛文化圖書有限公司	1995.10	143
63	幸福的種子——親子共讀圖畫書	松居直 著／劉滌昭 譯	臺北市	臺灣英文雜誌社有限公司	1995.10	182
64	臺灣地區科學類兒童讀物調查研究(1985~1994)	陳美智 著	臺北市	漢美圖書有限公司	1995.10	142
65	閱讀運動 —— 讀書會參與手冊	天衛文化圖書有限公司	臺北市	天衛文化圖書有限公司	1996.4	287
66	不同季節的讀書方法	傅佩榮 著	臺北市	九歌出版社有限公司	1996.4	220
67	讀書會專業手冊	邱天助 著	臺北市	張老師文化事業股份有限公司	1997.1	267
68	如何培養閱讀樂趣	吳建華 主編	臺北市	保健生活社	1997.3	158

序號	書刊名	作者／編者／譯者	出版地	出版者	出版年月	頁數
69	學習與你—通往成功快樂之路	天下編輯	臺北市	天下雜誌	1997.4	177
70	我把讀書變簡單了	正中書局 主編／余英時 等著	臺北市	正中書局	1997.4	112
71	兒童書箱與故事媽媽推廣手冊	行政院文化建設委員會	臺北市	行政院文化建設委員會	1997.4	139
72	故事媽媽寶典	陳月文 著	臺北市	天衛文化圖書公司	1997.5	185
73	故事與討論	趙鏡中 譯寫	臺北縣	臺灣省國民學校教師研習會	1997.6	180
74	閱讀的樂趣	褚士瑩、游乾桂 等合著	臺北縣	探索文化事業有限公司	1997.9	229
75	我們是讀這些書長大的	孫大偉 等著	臺北市	圓神出版社有限公司	1997.10	223
76	書香滿寶島：好書分享	姚靜宜 主編	臺北市	行政院文化建設委員會	1997.12	251
77	新閱讀主義	邱天助 編輯／林澄枝 等著	臺北市	行政院文化建設委員會	1998	25
78	全國社區讀書會現況調查、遠景評估與經營研究	研究者：林美琴	臺北市	贊助單位：國家文化藝能基金會	1998	80

序號	書刊名	作者／編者／譯者	出版地	出版者	出版年月	頁數
79	有效學習的方法	林清山 主編	臺北市	教育部	1998.1	165
80	讀書會 創造命運	曾文龍 著		金大鼎文化出版有限公司	1998.1	229
81	邁向學習社會	教育部 編印	臺北市	教育部	1998.3	63
82	讀冊做伙行 —— 讀書會完全手冊	林美琴 著	臺北市	洪建全教育文化基金會	1998.3	274
83	逛ㄍㄨㄤˋ書：青少年課外讀物導覽	周惠玲 著	臺北市	幼獅文化事業股份有限公司	1998.4	148
84	讀書會非常容易	何青蓉 主編	高雄市	高雄復文圖書出版社	1998.4	130
85	書香緣 —— 兒童讀書會領導人參考手冊	蔡勝德 總編輯	嘉義市	嘉義市立文化中心	1998.6	300
86	好書之旅 ——愛亞導遊	愛亞 著	臺北市	幼獅文化事業有限公司	1998.10	169
87	知訊力〔INFOLE-DGE〕—— 大讀書家的閱讀策略	麥思 著	斗六市	版圖文化事業有限公司	1998.10	254
88	談閱讀	Kenneth S.	臺北市	心理出版社有限公司	1998.11	254

序號	書刊名	作者／編者／譯者	出版地	出版者	出版年月	頁數
89	在繪本花園裡——和孩子共享繪本的樂趣	林真美 等著	臺北市	遠流出版事業股份有限公司	1999.2	98
90	來玩閱讀的遊戲	沈惠芳 編著	臺北縣	螢火蟲出版社	1999.2	153
91	童話裡的智慧——和小孩在故事中成長	廖清碧 著	臺北縣	探索文化事業有限公司	1999.2	221
92	愛書人的喜悅——一個普通讀者的告白	安・法第曼 著〈Anne Fadiman〉／劉建臺 譯	臺北市	雙月書屋有限公司	1999.2	206
93	閱讀地圖：一部人類閱讀的歷史	阿爾維托・曼古埃爾（Alberto Manguel）著／吳昌杰 譯	臺北市	臺灣商務印書館股份有限公司	1999.6	492
94	1999全國讀書會調查錄	中華民國讀書會發展協會	臺北市	中華民國讀書會發展協會	1999.6	353
95	讀好書的不同方法	傅佩榮 著	臺北市	財團法人洪建全教育文化基金會	1999.7	241

序號	書刊名	作者／編者／譯者	出版地	出版者	出版年月	頁數
96	我是壞小孩？——貓頭鷹說故事的心情筆記	李苑芳 著	臺北市	臺視文化事業股份有限公司	1999.7	236
97	讀書會一般與閱讀素養指標建立與評估報告書	何青蓉 主編	臺北市	行政院文化建設委員會	1999.7	116
98	書與生命的對話	季欣麟 等著	臺北市	天下遠見出版股份有限公司	1999.9	227
99	童書是童書	黃迺毓 著	臺北市	財團法人基督教宇宙光全人關懷機構	1999.10	301
100	兒童讀書會DIY	林美琴 著	臺北市	天衛文化圖書有限公司	1999.10	171
101	成人讀書會：探索團體的經營	毛毛蟲兒童基金會成人讀書會研究小組 編著	臺北市	行政院文化建設委員會	1999.10	175
102	穿一件故事的彩衣——故事媽媽的服務經驗	毛毛蟲兒童基金會故事媽媽研究小組 編著	臺北市	行政院文化建設委員會	1999.11	123
103	社區兒童讀書會帶領人入門手冊	毛毛蟲兒童基金會兒童讀書會研究小組 編著	臺北市	行政院文化建設委員會	1999.12	181

序號	書刊名	作者／編者／譯者	出版地	出版者	出版年月	頁數
104	夢想的翅膀──兒童閱讀飛越2000年	郝廣才 總編輯	臺北市	格林文化事業股份有限公司	1999.12	95
105	書蟲讀書會──書蟲啃光我的書	張嘉真 著	臺北縣	富春文化事業股份有限公司	2000.1	171
106	臺灣地區兒童閱讀興趣調查研究	林文寶 計畫主持	臺北市	行政院文化建設委員會	2000.2	76
107	為孩子讀書的人	桂文亞 主編	臺北市	民生報社	2000.3	178
108	寶寶讀書樂──給0~3歲嬰幼兒的小小圖書館	信誼基金會企劃	臺北市	信誼基金出版社	2000.4	62
109	生命教育一起來	張湘君、葛琦霞 編著	臺北縣	三之三文化事業股份有限公司	2000.5	245
110	三人行：大師・好書與您同行	趙映雪 著	臺北縣	富春文化事業股份有限公司	2000.9	310
111	閱讀飛行：Reading的無限可能	阿部謹也 著／林雅慧 譯	臺北縣	臺灣廣廈出版集團財經傳訊出版社	2000.9	217
112	上閱讀課囉！	許慧貞 著	臺北市	天衛文化圖書有限公司	2000.9	186

序號	書刊名	作者／編者／譯者	出版地	出版者	出版年月	頁數
113	孩子樂讀書：與孩子共享閱讀的樂趣	張秋雄 著	臺中縣	日之昇文化事業有限公司	2000.10	214
114	想像與知識的王國─閱讀	唐澤 譯寫	臺北市	格林文化事業股份有限公司	2000.12	153
115	說不完的故事──故事推廣手冊	林文寶 總編輯	臺東縣	國立臺東師範學院兒童文學研究所	2000.12	123
116	板橋媽媽故事園	林秀兒 著	臺北縣	臺北縣板橋市故事協會	2000.12	203
117	打造兒童閱讀環境	艾登‧錢伯斯（Aidan Chambers）著／許慧貞 譯	臺北市	天衛文化圖書有限公司	2001.1	175
118	圖畫書狂想曲	許慧貞等編著	臺北縣	螢火蟲出版社	2001.1	88
119	說來聽聽：兒童、閱讀與討論	艾登‧錢伯斯（Aidan Chambers）著／蔡宜容 譯	臺北市	天衛文化圖書有限公司	2001.2	175
120	閱讀生機	楊茂秀 主編	臺北市	教育部	2001.2	206
121	閱讀的十個幸福	丹尼爾‧貝納（Daniel Pennac）著／里維 譯	臺北市	英屬維京群島商高寶國際有限公司臺灣分公司	2001.3	206

序號	書刊名	作者／編者／譯者	出版地	出版者	出版年月	頁數
122	教孩子輕鬆閱讀	胡鍊輝 著	臺北市	國語日報社	2001.3	275
123	從聽故事到閱讀	蔡淑英 著	臺北縣	富春文化事業股份有限公司	2001.3	183
124	教孩子輕鬆閱讀	胡鍊輝 著	臺北市	國語日報社	2001.3	273
125	小小愛書人——0~3歲嬰幼兒的閱讀世界	李坤珊 著	臺北市	信誼基金出版社	2001.4	154
126	親子共讀專刊：歡喜閱讀	連翠茉 編輯	臺北市	遠流出版事業股份有限公司	2001.4	117
127	閱讀四季——親子閱讀指導手冊	國立臺灣師範大學家庭教育中心執行 編撰	臺北市	教育部	2001.4	77
128	青少年讀書會DIY	林美琴 著	臺北市	天衛文化圖書有限公司	2001.4	212
129	終生學習就從兒童閱讀開始——九十年度全國兒童閱讀週專輯	宋建成 主編	臺北市	國家圖書館	2001.4	96
130	歡喜閱讀	連翠茉主編	臺北市	遠流出版事業股份有限公司	2001.4	117

序號	書刊名	作者／編者／譯者	出版地	出版者	出版年月	頁數
131	打開親子共讀的一扇窗	林芝 著	臺北市	幼獅文化事業股份有限公司	2001.5	172
132	多元智慧能輕鬆教 —— 九年一貫課程統整大放送	張相君、葛琦霞編著	臺北市	天衛文化圖書有限公司	2001.6	187
133	一篇故事解決一個問題 —— 兒童心理叢書親師手冊	王秀園 著	臺北縣	狗狗圖書有限公司	2001.6	128
134	和小朋友玩閱讀遊戲 —— 兒童繪本親師手冊	鄒敦怜 著	臺北縣	狗狗圖書有限公司	2001.6	198
135	閱讀的風貌	張惠菁 主編	臺北市	英屬蓋曼群島商網路與書股份有限公司臺灣分公司	2001.7	140
136	親子共讀專刊2：我‧會‧愛	柯華葳 等著	臺北市	遠流出版事業股份有限公司	2001.7	117
137	讀書會任我遊	林貴真 著	臺北市	爾雅出版社有限公司	2001.7	334
138	大家一起來閱讀	段秀玲、張淯珊 著	臺北市	幼獅文化事業股份有限公司	2001.10	181

序號	書刊名	作者／編者／譯者	出版地	出版者	出版年月	頁數
139	繪本與幼兒心理輔導	吳淑玲 著	臺北市	五南圖書出版股份有限公司	2001.10	240
140	踏出閱讀的第一步	美國國家研究委員會 編著／柯華葳、游婷雅 譯	臺北市	信誼基金出版社	2001.11	168
141	以素直精神經營讀書會群	簡靜惠 著	臺北市	財團法人洪建全教育文化基金會	2001.11	204
142	親子共讀專刊3：帶著繪本去旅行	邱引 等著	臺北市	遠流出版事業股份有限公司	2001.11	118
143	142個閱讀起點	詹姆斯・柏克（James Burke）著／蕭美惠 譯	臺北市	藍鯨出版有限公司	2001.11	334
144	帶著繪本去旅行	連翠茉 編	臺北市	遠流出版事業股份有限公司	2001.11	118
145	童書久久	柯倩華 等撰	臺北市	臺灣閱讀協會	2001.11	119

序號	書刊名	作者／編者／譯者	出版地	出版者	出版年月	頁數
146	踏出閱讀的第一步	M.Susan Burns, Peg Griffin, and Catherine E.Snow, NRC編輯群 著／柯華葳、游婷雅 譯	臺北市	信誼基金出版社	2001.11	168
147	朗讀手冊：大聲為孩子讀書吧！	吉姆·崔利斯 著（Jim Trelease）／沙永玲、麥奇美、麥倩宜 譯	臺北市	天衛文化圖書有限公司	2002.1	234
148	圖畫書狂想曲2	許慧貞 等編著	臺北縣	螢火蟲出版社	2002.2	88
149	親子共讀有妙方	黃迺毓 著	臺北市	財團法人基督教宇宙光全人關懷機構	2002.2	125
150	劉清彥的烤箱讀書會	劉清彥 著	臺北市	財團法人基督教宇宙光全人關懷機構	2002.3	239
151	樂趣讀書會DIY	江連居 主編	臺北縣	手藝家書局	2002.3	278
152	搶救閱讀55招 — 兒童閱讀實用遊戲	王淑芬 著	臺北市	作家出版社	2002.3	167

序號	書刊名	作者／編者／譯者	出版地	出版者	出版年月	頁數
153	親子共讀，齊步學習──九十一年度親子共學季‧圖書學習運用研習會專輯	宋建成 主編	臺北市	國家圖書館	2002.4	87
154	大家一起來玩故事	林月娥 等著	臺北市	聯經出版事業公司	2002.5	207
155	親子共讀魔法DIY	張靜文 著	臺北市	匡邦文化事業有限公司	2002.5	237
156	親子共學──客廳裡的讀書會	王淑芬 著	臺北市	幼獅文化事業股份有限公司	2002.6	182
157	五個故事媽媽的繪本下午茶	林寶鳳、蔡淑媖、葉青味、林秀玲、郭雪貞 等著	臺北市	遠流出版事業股份有限公司	2002.7	129
158	玩出好心情，情緒教育動起來	潘慶輝 等編	新店市	三之三文化事業股份有限公司	2002.8	183
159	故事學	周慶華 著	臺北市	五南圖書出版股份有限公司	2002.9	425
160	教室vs.劇場-圖畫書的戲劇教學活動示範	葛琦霞 著	臺北市	信誼基金出版社	2002.9	179

序號	書刊名	作者／編者／譯者	出版地	出版者	出版年月	頁數
161	打開繪本說不完	花蓮縣新象社區交流協會 編	臺北市	行政院文化建設委員會	2002.9	128
162	童書三百聊書手冊低年級壹～肆冊	國立教育研究院籌備處研究組 編	臺北市	教育部	2002.9	102
163	童書三百聊書手冊中年級伍～捌冊	國立教育研究院籌備處研究組 編	臺北市	教育部	2002.9	108
164	童書三百聊書手冊高年級玖～拾貳冊	國立教育研究院籌備處研究組 編	臺北市	教育部	2002.9	104
165	打開一本書：興華國小師生共讀記錄1	凌拂 總策劃	臺北市	遠流出版事業股份有限公司	2002.10	150
166	打開一本書：興華國小師生共讀記錄2	凌拂 總策劃	臺北市	遠流出版事業股份有限公司	2002.10	198
167	打開一本書：興華國小師生共讀記錄3	凌拂 總策劃	臺北市	遠流出版事業股份有限公司	2002.10	116
168	不只愛讀，還要會讀	沈惠芳 著	臺北市	民生報社	2002.12	132
169	閱讀：新一代知識革命	齊若蘭、游常山、李雪莉 等著	臺北市	天下雜誌股份有限公司	2003.1	283

序號	書刊名	作者／編者／譯者	出版地	出版者	出版年月	頁數
170	讀書會難不倒你	沈惠芳 著	臺北市	天衛文化圖書有限公司	2003.1	151
171	管家琪作文-如何閱讀	文：管家琪／圖：賴馬	臺北市	幼獅文化事業有限公司	2003.1	213
172	故事媽咪A1	文：李赫／圖：謬慧雯	臺北縣	狗狗圖書有限公司	2003.1	61
173	動態閱讀 Rhyme And Song	林秀兒 著	臺北市	臺灣外文書訊房股份有限公司	2003.4	320
174	讀繪本，遊世界：著名繪本教學與遊戲	紀明美、黃金葉 等著／吳淑玲 主編	臺北市	心理出版社股份有限公司	2003.4	280
175	創思教育飛起來	葛惠 等	臺北縣	三之三文化實業股份有限公司	2003.4	187
176	故事治療-說故事在兒童心理治療上的運用	Richard A. Gardner 著／徐孟弘 等譯	臺北市	五南圖書出版股份有限公司	2003.4	315
177	讀寫新法──幫助學生學習讀寫技巧	Robert J.Marzano、Diane E. Paynter 著／王瓊珠 譯	臺北市	高等教育文化事業公司	2003.5	175
178	圖畫書的生命花園	劉清彥、郭恩惠 等著	臺北市	財團法人宇宙光文教基金會	2003.5	120

序號	書刊名	作者／編者／譯者	出版地	出版者	出版年月	頁數
179	好好玩的「故事遊戲」	陳月文 著	臺北縣	知本家文化事業有限公司	2003.5	135
180	如何閱讀一本書	莫提默‧艾德勒〈Mortimer J. Adler〉、查理‧范多倫〈Charles Van Doren〉 著／郝明義、朱衣 譯	臺北市	臺灣商務印書館股份有限公司	2003.7	431
181	五年六班的讀書單 完全愛上閱讀手冊	許慧貞、吳靜怡、龍安國小五年六班 等著	臺北市	聯經出版事業股份有限公司	2003.7	169
182	讀與寫的第1堂課	桂文亞 著	臺北市	民生報社	2003.8	122
183	中學生閱讀策略	蘿拉‧羅伯 著／趙永芬 譯	臺北市	天衛文化圖書有限公司	2003.10	307
184	打開繪本説不完	陳麗雲編	臺北市	文建會	2003.10	120
185	讀書會結知己——實務運作手冊	方隆彰	臺北市	爾雅出版社有限公司	2003.10	200
186	小朋友最重要的二十種讀書習慣	朴信植 著／元惠填 繪／李英華 譯	臺北縣	稻田出版有限公司	2003.11	212

序號	書刊名	作者／編者／譯者	出版地	出版者	出版年月	頁數
187	親子共讀：做個聲音銀行家	王玥 著	臺北市	幼獅文化事業股份有限公司	2003.12	190
188	愛在閱讀裡研討會手冊	毛毛蟲兒童哲學基金會	臺北市	毛毛蟲兒童哲學基金會	2003.12	67
189	鮮活的討論！培養專注的閱讀	Linda B. Gambrell & Janice F. Almasi 主編／谷瑞勉 譯	臺北市	心理出版社股份有限公司	2004.1	338
190	說故事談情意	唐淑華 著	臺北市	心理出版社股份有限公司	2004.2	242
191	輕鬆讀好書	黃郁文 編	臺北市	翰林出版事業股份有限公司	2004.3	303
192	生命真精彩運用圖畫書發現生命的新境界	吳庶深 著	臺北縣	三之三文化事業股份有限公司	2004.4	187
193	故事結構教學與分享閱讀	王瓊珠 編著	臺北市	心理出版社股份有限公司	2004.5	251
194	讓書香溢滿童年	子嘩 著	臺北縣	動靜國際有限公司·印記文化	2004.6	189
195	說故事的力量	Annette Simmons 著／陳智文 譯	臺北市	臉譜出版社股份有限公司	2004.6	272

（本文2004年12月刊登於《兒童文學學刊》第十二期，頁1-35，臺東市，國立臺東大學。）

國家圖書館出版品預行編目（CIP）資料

兒童文學與書目. 一 / 林文寶著；張晏瑞主
編. -- 初版. -- 臺北市：萬卷樓圖書股份
有限公司, 2021.12
　　面；　公分. --（林文寶兒童文學著作集.
第二輯）
ISBN 978-986-478-581-0（全套）
ISBN 978-986-478-573-5（第一冊：精裝）

1.兒童文學 2.兒童讀物 3.目錄

　863.099　　　　　110021563

林文寶兒童文學著作集　第二輯　書目編

兒童文學與書目（一）

作　　者　林文寶
主　　編　張晏瑞

出　　版　萬卷樓圖書股份有限公司
發 行 人　林慶彰
總 經 理　梁錦興
總 編 輯　張晏瑞
聯　　絡　電話 02-23216565　　　　傳真 02-23944113
　　　　　網址 www.wanjuan.com.tw
　　　　　郵箱 service@wanjuan.com.tw
地　　址　106 臺北市羅斯福路二段 41 號 6 樓之三
印　　刷　百通科技股份有限公司
初　　版　2021 年 12 月
定　　價　新臺幣 12000 元　全套八冊精裝　不分售
ISBN　978-986-478-581-0（全套）
ISBN　978-986-478-573-5（第一冊：精裝）